Aiden

BIONICLE®

Le voyage
de la peur

BIONICLE®

TROUVE LE POUVOIR,
VIS LA LÉGENDE.

La légende prend vie dans ces livres passionnants
de la collection BIONICLE® :

BIONICLE®

Le voyage de la peur

Greg Farshtey

Texte français d'Hélène Pilotto

Éditions
SCHOLASTIC

Pour Jackina, grâce à qui le voyage en vaut la peine
— G.F.

Catalogage avant publication de Bibliothèque
et Archives Canada

Farshtey, Greg
Le voyage de la peur / Greg Farshtey; texte
français d'Hélène Pilotto.

(Bionicle)
Traduction de : Voyage of Fear.
Pour les jeunes de 9 à 12 ans.
ISBN 0-439-94847-9

I. Pilotto, Hélène II. Titre. III. Collection :
Farshtey, Greg Bionicle.

PZ23.F28Vo 2005   j813'.54
C2005-902598-0

Édition publiée par les Éditions Scholastic,
175 Hillmount Road, Markham (Ontario) L6C 1Z7.

5 4 3 2 1   Imprimé au Canada   05 06 07 08

La cité de Metru Nui

BIONICLE®

Le voyage de la peur

INTRODUCTION

Tahu, le Toa Nuva du feu, était inquiet. Depuis plusieurs heures, il se tenait debout sur la pente abrupte du volcan Mangai. Ses yeux scrutaient le terrain devant lui, observant des douzaines de Matoran qui travaillaient avec ardeur. Nulle part il n'apercevait celui qu'il cherchait.

Le soleil s'était levé et couché deux fois déjà depuis que Turaga Vakama avait terminé son dernier récit. Il avait raconté l'histoire incroyable des six Toa Metru qui avaient affronté de grands dangers pour sauver les Matoran d'un complot terrible. En dépit d'une grave trahison et de la mort tragique d'un grand héros, ils avaient réussi à aider les habitants de Metru Nui à fuir la cité dévastée.

Même si son récit avait éclairci plusieurs mystères, il en restait encore certains qui demeuraient non résolus. À leur départ de Metru Nui, les Toa Metru n'avaient emmené avec eux que six Matoran. Comme le reste de la population de la cité, ces six Matoran avaient été plongés dans un coma artificiel et placés dans des sphères argentées par le diabolique Makuta. Pourtant, il y avait plus de six Matoran sur l'île de Mata Nui : comment étaient-ils venus jusqu'ici? Et qu'était-il arrivé à tous les autres habitants de Metru Nui?

Ces questions étaient restées sans réponse pour la simple et bonne raison que Turaga Vakama avait disparu. Pendant des jours, aucun Toa ni Matoran n'avait aperçu le sage du village. Après plusieurs discussions à ce sujet, Tahu, Gali et Pohatu avaient convenu de rester pour faire le guet en cas de danger, pendant que Takanuva, Kopaka, Onua et Lewa parcourraient l'île en secret à la recherche du Turaga.

Tahu se retourna et vit la Toa Nuva de l'eau qui approchait.

— Du nouveau? demanda Gali.

— Non et je n'aime pas ça, répondit Tahu. Turaga Vakama est le chef de mon village. C'est moi qui devrais être à sa recherche.

— Je comprends. Mais de tous les Toa, c'est en toi que les Matoran puisent leur force et leur inspiration. Ça les sécurise de te savoir près d'eux. Tu sais que les autres vont faire de leur mieux. Ils vont nous appeler s'ils ont besoin d'aide.

La voix de Kopaka retentit alors de plus haut derrière eux :

— Je crois avoir trouvé notre réponse.

Les deux Toa se retournèrent pour voir leur ami venir à leur rencontre au moyen d'un pont de glace. Il était accompagné de Turaga Nokama de Ga-Koro, de Turaga Nuju de Ko-Koro et de Matoro, le villageois qui traduisait le langage tout en grognements, sifflements et mouvements particulier à Nuju.

— Inutile de lancer des recherches, dit Nokama. Vakama nous a quittés pour être seul avec ses pensées pendant un certain temps. Il n'est pas en danger et sera de retour quand son esprit sera de nouveau en paix.

— Pourquoi est-il parti sans avertir personne? demanda Tahu.

— Avec autant de questions dans ton cœur, Tahu, l'aurais-tu laissé partir? demanda Nokama. Il nous avait avertis, moi et les autres qui avons combattu à ses côtés à Metru Nui. Maintenant, nous te le disons et te demandons de comprendre combien cela a été difficile pour Vakama de revivre le passé à travers ses récits. Donne-lui du temps.

Nuju siffla et fit une série de mouvements rapides

des mains. Matoro traduisit :

— Le Turaga dit que tu sais tout ce que tu dois savoir à propos de Metru Nui. Tu ne devrais plus déranger Vakama maintenant.

Gali hocha la tête et regarda Nokama droit dans les yeux.

— Non, dit-elle. Nous ne partirons pas pour la cité des légendes avec autant de mystères suspendus au-dessus de nos têtes, comme un orage menaçant. Je respecte la peine que Turaga Vakama peut ressentir, mais il est plus que temps pour nous de connaître la vérité.

Nokama avait toujours été reconnue pour sa sagesse. Elle savait qu'il était inutile de discuter avec Gali, mais elle avait vu combien le récit de ces légendes avait laissé Vakama fatigué et affaibli. Une seule réponse était possible.

— Très bien, Toa de l'eau, finit-elle par dire. Rassemble tes frères. Je vais vous raconter la suite de notre histoire.

Ce soir-là, ils se rassemblèrent autour d'un feu allumé sur la plage, près de Ga-Koro. Il y avait sept Toa, cinq Turaga, Matoro et Hahli, qui était maintenant la chroniqueuse attitrée des Matoran. Ils attendirent en

Le voyage de la peur

silence que Nokama se mette à parler.

— Vous vous souvenez sûrement des événements précédents, commença la Turaga de l'eau de sa voix à peine plus forte qu'un murmure. Metru Nui était tombée sous les assauts d'une tempête et d'un tremblement de terre. Tous les Matoran avaient été emprisonnés dans un sommeil semblable à la mort d'où l'on ne pouvait les tirer. Nous avions cependant réussi à emmener avec nous six d'entre eux, toujours dans leurs sphères, avec l'intention de retourner plus tard sauver les autres. Matau était parvenu à attacher les sphères sous la plate-forme d'un véhicule Vahki, rendant ainsi possible la navigation sur la mer. Nous nous sommes ensuite faufilés dans une brèche de la Grande barrière, laissant Metru Nui derrière nous, pour partir à la recherche d'un lieu sûr pour tous les Matoran. Où allions-nous? Quels dangers allions-nous devoir affronter? Cela, personne n'en avait la moindre idée...

— Je n'aime pas ça, marmonna Onewa. Je n'aime pas ça du tout.

Le Toa Metru de la pierre jeta un coup d'œil à la ronde. Les autres Toa étaient éparpillés sur leur bateau de fortune, guettant tout signe annonciateur de danger. Matau était aux commandes du véhicule Vahki modifié, faisant de son mieux pour maintenir le cap. Tous semblaient trop occupés pour prêter attention au commentaire d'Onewa.

— J'ai dit... reprit-il plus fort.

— On a entendu, répliqua Nuju, le Toa de la glace. Mais dis-moi, outre le fait que nous naviguons dans un tunnel étroit sur un véhicule non conçu pour aller sur la mer et qui pourrait couler à tout moment, qu'est-ce qui te tracasse ?

Onewa fit un geste de la main.

— Ça. Tout ça ! Notre cité est en danger, les Matoran sont emprisonnés... et nous fuyons !

Nuju secoua la tête et dit :

Le voyage de la peur

— Notre cité est anéantie, Onewa, probablement à jamais. Nous faisons la seule chose que nous pouvons faire : essayer de trouver un endroit où les Matoran pourront recommencer à vivre.

— Parlons-en, grommela Onewa. Vakama dit : « Traversez la Grande barrière » et nous voilà partis. Nous ne savons même pas où nous allons!

— Nous allons dans un lieu très éloigné de Metru Nui, comportant de nouveaux défis et nous offrant la chance de tout recommencer, répondit Nuju. La route sera longue et dangereuse. Nous ne foulerons peut-être pas tous le sol de cette terre.

— Comment le sais-tu?

— Je le sais comme je sais que tu vas te plaindre tout au long du voyage, dit Nuju. Je sais tout.

Matau donna un brusque coup de volant pour éviter que le véhicule n'entre en collision avec un mur de pierre. Même si les sphères l'aidaient à se maintenir à la surface et que ses pattes insectoïdes lui servaient de rames, cet engin flottait à peu près aussi bien qu'un Po-Matoran. Dans sa vie, le Toa avait conduit à peu près tous les types de véhicules qu'on retrouvait à Metru Nui, mais aucun qui ressemblât autant à une catastrophe ambulante.

Enfin, ils n'avaient pas eu le choix. Ils avaient vaincu Makuta de justesse, sans toutefois avoir réussi à l'empêcher de vider la centrale de la cité de toute son énergie. Des séismes secouaient Metru Nui, faisant s'écrouler les bâtiments et les toboggans. Les brigades de maintien de l'ordre Vahki étaient partout, essayant encore de remplir leur dernière mission : arrêter les Toa à tout prix! Dans une telle situation, il avait été hors de question de faire une halte à Ga-Metru pour prendre un bateau digne de ce nom.

Sois un héros Toa, se dit Matau. *Tu découvriras de nouveaux lieux! Tu sauveras-aideras des gens! Et tu seras presque écrasé par une plante géante et frappé-écrasé par des Chasseurs de l'ombre! Non mais, dans quoi me suis-je donc lancé?*

Whenua, le Toa de la terre, n'avait pas dit un mot depuis que le bateau avait traversé la Grande barrière et s'était engouffré dans le tunnel. En temps normal, il aurait été assailli de questions. Qui a fait ce tunnel? Où mène-t-il? Les pierres de lumière qui procurent l'éclairage font-elles partie des pans rocheux ou quelqu'un les a-t-il installées là?

Les archivistes se posaient toujours des questions. Cela faisait partie de leur travail. Devenir un Toa Metru n'avait pas fait disparaître cet aspect de la personnalité de Whenua. En fait, les souvenirs de son ancienne vie pesaient lourd sur lui. Les Archives étaient derrière lui maintenant, et qui sait dans quel état après le tremblement de terre. Les spécimens exposés avaient probablement été abîmés ou, pire encore, ils avaient recouvré leur liberté.

Ayant passé la majeure partie de sa vie dans la peau d'un Onu-Matoran, il savait que son devoir était de préserver et de protéger le musée vivant de Metru Nui. Mais en tant que Toa Metru, il avait maintenant comme devoir de servir et défendre tous les metru, pas seulement le sien. Ses amis comptaient sur lui, comme le faisaient les Matoran endormis.

Quand il tourna les yeux vers l'entrée du tunnel derrière lui, il ne put s'empêcher de penser qu'il aurait aimé être dans les Archives au moment du désastre.

C'est là que je me sens chez moi, se dit-il.

Vakama aussi avait été silencieux depuis le début du voyage. Il se tenait à l'avant de l'embarcation, à l'affût des dangers qui pouvaient survenir. Nokama était à ses côtés, regardant avec émerveillement ce qui les entourait.

— T'es-tu déjà demandé qui avait construit tout

ceci, Vakama? questionna-t-elle. La Grande barrière, ce tunnel… Est-ce que des Matoran, dans un lointain passé, ont érigé ces choses ou alors les Grands esprits eux-mêmes les ont-ils créées?

Comme Vakama ne lui répondait pas, elle se tourna vers lui. Il avait ce regard qu'elle lui connaissait si bien maintenant qu'ils avaient vécu ensemble plusieurs péripéties. Aucun ennemi ne pouvait faire plus de mal à Vakama qu'il ne s'en faisait lui-même.

— Nous avons fait tout ce que nous avons pu, dit doucement la Toa de l'eau. Nous avons sauvé ceux que nous avons pu sauver, Vakama, et un jour, nous sauverons tous les autres. Toa Lhikan aurait été… *était* fier de toi.

Vakama sursauta à la mention du nom du Toa. Lhikan était déjà un héros de Metru Nui alors que Vakama et ses cinq compagnons n'étaient encore que de simples Matoran. Trahi et piégé, il avait sacrifié son pouvoir Toa pour créer six Toa Metru. Une fois devenu un Turaga, il les avait aidés dans leur combat contre Makuta. Mais c'était le dernier souvenir que Vakama gardait de Lhikan qui lui causait le plus de peine : le noble personnage succombant à une décharge d'énergie noire destinée à Vakama.

— Tu as raison, bien sûr, Nokama. Mais je persiste à

croire que Lhikan aurait trouvé un moyen de sauver la cité de ce cataclysme.

— Il l'a fait, rétorqua Nokama. Il nous a trouvés. Tu te souviens de ses paroles? « Sauvez le cœur de la cité. » Il savait que les bâtiments, les toboggans et les statues n'étaient pas le plus important. Ce sont les Matoran qui donnent vie à Metru Nui, et c'est pour les sauver que nous devons nous battre.

Nokama posa sa main sur le bras de Vakama et sourit.

— N'importe quel Ga-Matoran sait qu'on ne peut pas conduire un bateau en regardant constamment derrière soi. On doit regarder vers l'avant.

— Dans ce cas, mettons-nous au travail, dit Vakama. Commençons par ce pauvre véhicule Vahki. Il lui faut un nom.

Il saisit son outil pour fabriquer des masques et se mit à graver prestement une série de lettres Matoran sur le côté du bateau. Quand il eut terminé, Nokama se pencha par-dessus son épaule pour voir ce qu'il avait écrit. Il n'y avait qu'un seul mot : *Lhikan*.

Le parcours du *Lhikan* avait été plutôt tranquille jusque-là. Le tunnel s'élargissait au fur et à mesure que les Toa avançaient. La route ne présentant aucun embranchement, il était impossible de s'y perdre. Mais tout cela était sur le point de changer.

Matau ralentit l'allure du bateau. Devant eux, le tunnel se séparait en deux. Les deux passages lui semblaient identiques : sombres et inquiétants, à peu près aussi attrayants que l'idée de se retrouver coincé dans un toboggan défectueux en compagnie de Nuju.

— Quel côté? demanda le Toa de l'air à personne en particulier.

Nokama regarda Vakama. Il avait beau s'efforcer, il ne voyait rien en ce moment. Ses visions ne se manifestaient pas sur commande : elles survenaient à l'improviste.

— Je ne sais pas, répondit-il. Je ne ressens rien de particulier ni pour l'un ni pour l'autre de ces passages.

— Dommage qu'il n'y ait pas de panneau-affiche disant « Endroit sécuritaire, par ici », dit Matau. Allons à gauche.

— Pourquoi?

— Parce qu'on va rarement à gauche, répliqua Matau en commençant à faire virer l'embarcation.

— C'est... c'est la raison la plus ridicule que j'aie jamais entendue pour décider du chemin à prendre, lança Nuju. Le cours de notre mission serait déterminé par le désir de variété du Toa de l'air?

Le voyage de la peur

— J'ai dit à gauche, répéta Matau avec un sourire.

Le véhicule entra dans le passage de gauche. Il n'était même pas engagé à moitié dans le tunnel quand le protodermis liquide tout autour se mit à bouillonner. En l'espace d'une seconde, la température avait grimpé en flèche. Onewa se pencha par-dessus bord et vit que le véhicule commençait à fondre. Il n'osa même pas penser à ce qui pourrait arriver aux sphères des Matoran.

— Demi-tour! cria-t-il. Sors-nous de là!

Mais là-devant, quelque chose venait de surgir des vagues en poussant un puissant rugissement. Les Toa Metru eurent le temps d'entrevoir des yeux vert brillant, un corps énorme, une gueule assez grande pour avaler le véhicule en entier et une peau qui diffusait une chaleur intense. Puis la créature retomba avec fracas dans le liquide bouillant.

— À droite. J'ai bien dit qu'il fallait aller à droite, murmura Matau en faisant marche arrière.

Une fois sorti du passage, il vira si abruptement qu'il faillit fendre le bateau en deux, puis il s'engouffra dans l'autre tunnel.

— Qu'est-ce que c'était? demanda Nuju, plus secoué qu'il ne voulait l'admettre.

— Une illusion? suggéra Nokama. Quelque chose

pour nous faire rebrousser chemin?

Onewa secoua la tête.

— Le véhicule a subi de réels dommages. À mon avis, la bestiole était tout aussi réelle.

— Dans ce cas, nous ferons le guet à tour de rôle, dit Vakama. S'il y a ce genre de choses par ici, nous devrons être sur nos gardes.

Nokama fit signe à Matau de stopper le bateau.

— Je vais aller vérifier l'état des sphères. S'il fallait qu'elles commencent à prendre l'eau...

Elle n'eut pas besoin de finir sa phrase. Si les sphères prenaient l'eau, les Matoran à l'intérieur risquaient de se noyer. Elle sauta par-dessus bord et plongea dans le protodermis liquide. La température était plus chaude qu'elle ne l'aurait cru, en tout cas beaucoup plus chaude que les eaux entourant Metru Nui. Curieusement, le liquide était aussi plus clair, presque aussi clair que le protodermis purifié qui coulait à Ga-Metru.

Elle fit le tour du fond du véhicule, examinant chacune des sphères. Elles étaient apparemment bien fabriquées, car leur immersion dans le protodermis bouillant ne semblait pas leur avoir causé beaucoup de dommages. Par contre, une des pattes du véhicule avait fondu presque complètement et nécessiterait des réparations.

Nokama s'apprêtait à remonter à la surface quand quelque chose de brillant attira son regard. Elle plongea pour y voir de plus près.

C'était un Rahi, mort, d'un genre qu'elle n'avait jamais encore rencontré. Son corps était très long et ressemblait à celui d'un serpent. Nokama estima qu'il devait mesurer une bonne vingtaine de mètres. Sa queue était couverte de piquants mesurant au moins un mètre de long. Même morte, la bête donnait l'impression d'une force incroyable.

Quelle est cette créature? se demanda Nokama en nageant rapidement en direction du véhicule. *Et, plus important encore, qui est capable de la tuer? Avons-nous échappé aux dangers de Metru Nui seulement pour tomber sur de bien pires encore?*

Whenua bougea lentement la tête d'avant en arrière, son Masque de vision nocturne illuminant chaque recoin du tunnel. Il n'y avait plus eu d'autre signe révélant la présence d'un quelconque monstre Rahi, mais cela ne parvenait pas à calmer ses esprits.

Il savait qu'il ferait mieux de partager ses soupçons au sujet des deux créatures, l'une vivante et l'autre morte, rencontrées jusqu'à présent. Mais s'il se trompait? Si ces créatures n'étaient pas les Rahi auxquels il pensait, et si elles n'avaient aucun lien avec le projet? Alors, il n'aurait pas seulement révélé l'un des secrets les mieux gardés d'Onu-Metru, mais il se serait aussi ridiculisé par la même occasion.

Non. Si j'ai tort, alors mon silence ne fera de mal à personne, décida-t-il. *Et si j'ai raison... J'aime mieux ne pas penser à cette éventualité.*

Soudain, le véhicule fit une si violente embardée que Whenua fut quasiment éjecté par-dessus bord. En se retournant, il vit Matau lutter pour garder le contrôle et les autres Toa Metru être dispersés comme des insectes dans une forte bourrasque.

— Par Mata Nui, qu'est-ce que tu essaies de faire?

— Nous devons faire demi-tour, répliqua Matau comme si c'était la chose la plus évidente au monde. C'est notre devoir de retourner dans la cité et de faire notre travail. Tiens-toi bien.

Le véhicule fit une autre embardée quand Matau tenta de le forcer à faire demi-tour alors qu'il n'y avait pas l'espace nécessaire pour une telle manœuvre. Whenua perçut l'étrange voix blanche du Toa de l'air de même que le courant de conviction dans ce qu'il était en train de faire. Whenua leva les yeux, la lumière de son masque balayant le plafond. C'est alors qu'il les vit.

— Des Vahki! cria-t-il en les montrant du doigt.

Une brigade de sept Nuurakh, les forces de maintien de l'ordre de Ta-Metru, planait juste au ras du plafond du tunnel. Leurs bâtons de soumission étaient déployés. Le jet de l'un d'eux avait déjà atteint Matau, le transformant aussitôt en jouet obéissant.

Nuju envoya un jet de glace sur Matau. En un éclair, les bras du Toa de l'air furent immobilisés le long de son corps. Le véhicule, laissé sans conducteur, se mit à tourner rapidement sur lui-même. Nokama courut, fit une culbute en l'air et atterrit près de Matau pour reprendre les commandes.

N'ayant plus aucune raison de se cacher, les Vahki ouvrirent le feu et déchargèrent un flot de jets paralysants. Les Toa contrèrent l'attaque, Nuju utilisant son pouvoir élémentaire pour créer des miroirs de glace qui réfléchissaient les décharges d'énergie. Vakama projeta un écran de boules de feu devant lui pour se protéger. Puis il chargea un disque Kanoka de faible puissance dans son lanceur et tira.

Le disque frappa un des Vahki de plein fouet, et son pouvoir de « reconstitution aléatoire » se libéra immédiatement sous l'impact. Tel que Vakama l'espérait, cela perturba les mécanismes se trouvant à l'intérieur du Vahki et entraîna celui-ci dans un plongeon forcé.

Onewa utilisa son Masque du contrôle de la pensée, mais comme l'esprit des Vahki était mécanique, il n'était pas sensible à son pouvoir.

— Très bien. Dans ce cas, employons la manière forte, dit le Toa de la pierre.

Déployant son pouvoir élémentaire, il fit surgir de l'eau des pointes de roc qui allèrent clouer trois Vahki au plafond.

— Plutôt brutal, mais efficace, reconnut Nuju.

Peux-tu faire ceci?

Le Toa de la glace utilisa son Masque de télékinésie pour déloger une grosse pierre du plafond. La pierre tomba en plein sur un Nuurakh en vol, envoyant le Vahki tournoyer sans aucun contrôle. La mission du robot prit fin quand il s'écrasa contre un mur et se fracassa en morceaux.

Pendant ce temps, Matau avait réussi à rompre ses liens de glace et se battait avec Nokama pour reprendre le contrôle du bateau. Whenua s'approcha lourdement et saisit le Toa de l'air.

— Va rejoindre tes amis, dit-il en lançant Matau dans les airs de toutes ses forces.

Le Toa alla emboutir les deux derniers Vahki, les assommant d'un coup. Nokama manœuvra pour amener le véhicule sous Matau... que Whenua attrapa aisément lorsqu'il retomba.

— Voilà. Ça vaudra pour la fois, dans les tunnels de maintenance, où tu avais pensé que je t'avais laissé tomber, dit le Toa de la terre. Quelqu'un a une idée de ce qu'on fait avec ce jeune Vahki? ajouta-t-il en se tournant vers les autres Toa.

Onewa hocha la tête. Puis il déclencha le pouvoir de son masque et pénétra dans l'esprit de Matau. En bon sculpteur qu'il était, il savait quand utiliser un marteau ou quand un outil plus délicat était requis. Il utilisa donc avec soin le pouvoir du masque pour chasser l'influence Vahki de l'esprit de Matau.

Matau secoua la tête comme s'il s'éveillait après avoir fait la sieste.

— Que s'est-il passé? Pourquoi n'avançons-nous pas? Et, euh… pourquoi suis-je dans les bras de Whenua?

— On a tiré au sort, dit Onewa, et il a perdu.

Un petit personnage regardait naviguer les Toa avec un mélange de curiosité et de peur. Il n'avait jamais vu ces Toa auparavant. Qui étaient-ils? Que faisaient-ils ici?

Il grimaça en devinant les réponses à ces questions. Leur combat contre les Vahki ne l'avait pas trompé. Ces six-là, peu importe qui ils étaient, avaient dû être envoyés par la cité de Metru Nui. Et ils ne pouvaient avoir fait un si dangereux voyage que pour une seule raison : le capturer, lui. Ils avaient peut-être même l'intention de faire du mal à ses amis.

Oui, bien sûr. Après tout ce temps, personne n'avait pardonné ni oublié. Ils étaient de nouveau à sa recherche et à la poursuite des autres, et rien ne les découragerait si on ne les arrêtait pas.

Je voulais seulement qu'on me laisse tranquille, pensa-

Le voyage de la peur

t-il. *Je ne voulais faire de mal à personne. Mais ils ne comprennent pas. Non... ce n'est pas qu'ils ne comprennent pas... Ils refusent de comprendre!*

Il fit demi-tour et se glissa dans une crevasse étroite, entamant le long chemin du retour. De sombres pensées envahirent son esprit, d'où émergea un plan complexe.

Je vais leur faire comprendre, jura-t-il. Et s'il faut que je leur renvoie leurs Toa écrasés et vaincus pour qu'ils comprennent... je le ferai.

— Es-tu bien certaine? demanda Nuju.

Nokama se tenait à l'avant du bateau, se préparant à plonger dans la rivière. Un moment auparavant, elle avait pris Nuju à part et lui avait communiqué à voix basse son intention de partir en reconnaissance. Le Toa de la glace la regardait avec un air perplexe.

— Je sais que je suis la dernière personne chez qui tu t'attends à trouver un esprit de solidarité, dit Nuju, mais je crois que nous devons rester ensemble, car nous affrontons ici des dangers complètement inconnus.

— Tu as tout à fait raison, répliqua Nokama.

Puis, après une pause, elle ajouta :

— Tu es effectivement la dernière personne de qui

j'aurais attendu une telle suggestion. Es-tu sûr d'être Nuju et pas un autre de ces Rahi qui peuvent se transformer à volonté et adopter n'importe quelle apparence?

Nuju ne releva pas la plaisanterie.

Nokama haussa les épaules.

— Je ne serai pas partie longtemps, dit-elle. Les autres ne remarqueront probablement pas mon absence. Je voulais seulement que quelqu'un soit au courant, au cas où…

— Oui, dit Nuju. Au cas où.

Sans un mot de plus, Nokama plongea et s'éloigna à la nage. Nuju la regarda pendant un long moment.

Nokama s'enfonça dans le liquide sombre de la rivière. Même si elle ne disposait pas du pouvoir de vision nocturne de Whenua, ses yeux avaient l'habitude de percer la noirceur des fonds marins. Elle nageait lentement, regardant à gauche et à droite, à l'affût de tout danger.

La rivière grouillait de petits poissons et de prédateurs plus gros, mais aucun d'eux n'atteignait une taille menaçante pour une Toa. À vrai dire, ils semblaient plutôt effrayés par sa présence. Elle s'était attendue à voir d'autres monstres du genre de ceux qui étaient apparus plus tôt, mais jusqu'à présent, l'endroit semblait aussi dangereux que l'aquarium des Archives.

Elle remonta à la surface pour respirer. Ce fut à ce moment-là qu'elle remarqua les inscriptions gravées sur le mur du tunnel. Avec le temps, l'eau les avait effacées au point où l'on ne pouvait plus les lire. Il n'y avait donc pas moyen de savoir de quand elles dataient ni quel était leur but. Une question demeurait : qui les avait faites? Un autre citoyen de Metru Nui avait-il traversé la Grande barrière par le passé? Ou ces inscriptions étaient-elles l'œuvre d'êtres habitant le monde au-delà de la Grande barrière?

Elle replongea, à la recherche d'autres inscriptions. Elle tomba plutôt sur quelque chose qui ressemblait à une pierre descellée du mur. En l'examinant de plus près, elle découvrit que la pierre n'était pas seulement amovible, mais qu'elle ne faisait pas partie du mur. Ses rebords étaient arrondis, comme si elle avait été sculptée à Po-Metru. Une autre pierre semblable était posée dessus, puis une autre, et une autre…

Nokama suivit des yeux l'alignement de pierres s'élançant du mur jusqu'au plafond. Les pierres maintenaient en place une large dalle, mais si elles devaient un jour se détacher…

Quelqu'un a mis ce piège en place, conclut-elle. Quelqu'un a remplacé les pierres du mur par celles-ci de façon à ce que la dalle centrale puisse être lâchée sur quiconque s'aventurerait par ici. Mais pourquoi? Et combien d'autres pièges semblables se trouvent dans le coin?

Elle fit demi-tour et nagea le plus vite qu'elle put vers le *Lhikan*. Il fallait avertir les autres Toa.

Nous ne sommes pas seuls ici.

Nuju était toujours là, guettant le retour de Nokama. De temps à autre, il faisait jaillir une fine douche de cristaux de glace qu'il saupoudrait sur les flots. Elle était partie depuis trop longtemps. Il lui donnait une minute encore avant d'avertir les autres et de leur dire qu'ils devaient se lancer à sa recherche.

Le véhicule fit une embardée, dérapant violemment vers la droite. Nuju se retourna et vit Matau qui frappait le volant avec colère en murmurant quelque chose entre ses dents.

— Que se passe-t-il?

— Ça ne veut plus avancer! grogna Matau. Tout fonctionne, mais ça ne bouge-progresse plus!

— Nokama s'y connaît mieux que nous tous en bateaux, dit Vakama. Où est-elle?

— Elle est allée faire trempette, répondit Nuju.

Le voyage de la peur

Avant que les autres ne le questionnent davantage, il ajouta :

— Je vais plonger et jeter un coup d'œil. Peut-être sommes-nous pris dans quelque chose.

À vrai dire, Nuju n'était pas plus amateur de baignade que Matau et Onewa. Mais il préférait encore aller faire un tour dans la rivière plutôt que de devoir expliquer où était partie Nokama et pourquoi il ne les avait pas informés de son absence. Lui-même ne savait pas trop pourquoi il avait gardé le silence à ce sujet, tel qu'elle le lui avait demandé. Probablement parce que Nokama avait su gagner son respect, ce qui était déjà un exploit en soi.

Une fois sous le bateau, il vit que son hypothèse était juste. Quelques-unes des pattes qui servaient d'avirons étaient prises dans une espèce d'algue. Il utilisa son poignard de glace pour en couper une partie et son Masque de télékinésie pour en déplacer une autre, mais de nouvelles pousses apparaissaient sans cesse. À coup sûr, il lui faudrait de l'aide pour réussir à dégager le bateau.

Il battit des pieds avec force afin de se propulser vers la surface, mais il réalisa bientôt qu'il était plutôt en train de couler. Les algues s'étaient enroulées autour de ses jambes et de son torse, et le tiraient vers le fond. Il tenta d'utiliser ses pointes de cristal pour enrober la plante de glace, mais celle-ci lui immobilisa les bras le long du corps. Avant qu'il ne puisse réagir, une tige solitaire lui arracha son masque. Une grande faiblesse envahit ses membres et le masque de puissance tomba tout au fond.

Il voyait venir sa fin avec plus de clarté maintenant et cela le rendit perplexe. Il savait bien que son esprit était un peu confus à cause de l'absence du masque, mais il aurait pu jurer que l'algue était une plante. Or, depuis quand les plantes étaient-elles pourvues d'énormes mâchoires remplies de dents affûtées comme des couteaux et s'ouvrant toutes grandes pour dévorer un Toa?

Depuis maintenant, se dit-il. *Et faible comme je le suis, je ne peux rien faire pour l'arrêter!*

Vakama regardait les flots d'un air inquiet. Nuju était là-dessous depuis trop longtemps et Nokama n'était toujours pas de retour. Si quelque chose les guettait sous la surface, aller à la rescousse du Toa de la glace entraînerait sûrement la disparition d'un autre Toa. L'alternative consistait à rester là et à attendre, ce que Vakama refusait de faire. Il connaissait trop bien les conséquences de l'inaction en situation de danger.

Le Toa du feu s'apprêtait à plonger quand le bateau fonça soudainement vers l'avant. Sur le coup, Vakama se sentit soulagé. Nuju avait dû réussir à dégager l'embarcation et il referait surface d'un moment à l'autre. Mais son soulagement fut de courte durée quand il réalisa que le bateau se déplaçait beaucoup trop vite.

— Matau! Ralentis! cria-t-il.

Le Toa de l'air secoua la tête frénétiquement.

— Je ne peux pas! Ce n'est pas le véhicule qui bouge-progresse, c'est le courant!

Un coup d'œil en arrière confirma les dires de

Matau. Le protodermis liquide qui coulait dans le canal était maintenant devenu un torrent déchaîné qui entraînait le véhicule avec lui. Onewa et Whenua s'agrippèrent au bateau quand celui-ci donna de la bande vers le mur. Vakama lutta pour garder son équilibre pendant qu'il se rendait au poste de pilotage.

— Utilise ton pouvoir! lança-t-il à Matau. Essaie de nous faire ralentir.

Matau sauta à l'avant du bateau et fit appel à son pouvoir Toa pour créer une tempête de vent. De furieuses rafales s'engouffrèrent dans l'espace restreint du tunnel, tentant de faire reculer le bateau malgré le courant qui l'entraînait vers l'avant. Finalement, le véhicule parvint à s'immobiliser, coincé entre deux forces puissantes.

Cette situation ne pouvait pas durer. Vakama entendit à peine ce qu'Onewa lui criait dans le rugissement du vent et des vagues. Il se tourna et vit des joints du bateau lâcher et des morceaux de la coque s'envoler. Si cela continuait, il ne resterait bientôt plus rien du véhicule.

Cela ne se produisit pas. Après avoir lutté pour maintenir la tempête, Matau tomba d'épuisement. Les vents cessèrent et le véhicule recommença à filer à toute vitesse dans le tunnel. Vakama bondit dans le poste de pilotage et s'empara du volant.

— Onewa, attrape Matau! ordonna-t-il. Whenua, j'ai besoin de toi pour…

Le Toa de la terre n'écoutait pas. L'archiviste en lui contemplait avec émerveillement la rivière dont le courant emportait le bateau comme s'il eut été un jouet.

— C'est incroyable, murmura-t-il. Ce monde n'en finit pas de m'étonner.

Vakama frôla le masque de Whenua d'un jet de feu tiède.

— C'est ce que tu crois, rétorqua le Toa du feu. Je pense plutôt que tout ceci va s'écrouler dans à peu près trois secondes si on ne fait rien!

Whenua se retourna. Là-devant, on devinait un immense tourbillon, bien assez grand pour engloutir le bateau et tous ses passagers. Le *Lhikan* se dirigeait droit vers une fin certaine.

Nokama était presque revenue au véhicule quand le courant l'attrapa. Originaire de Ga-Metru, elle avait déjà eu affaire à des courants sous-marins et à des marées soudaines. Aussi, avant d'être emportée trop loin, planta-t-elle ses lames hydro dans le mur de pierre pour arrêter sa course. Elle était sauve, mais incapable de freiner le *Lhikan* qui la dépassa en un éclair.

La Toa de l'eau n'était pas prête à abandonner. Elle concentra son pouvoir élémentaire sur la rivière, essayant de forcer le courant à changer de direction ou, au moins, à ralentir suffisamment pour épargner les autres. Mais le courant était trop puissant et le véhicule déjà trop loin pour qu'elle puisse le ramener vers elle.

C'est comme si j'essayais de vider la mer en utilisant une éprouvette, pensa-t-elle. Je devrais pourtant être capable de maîtriser n'importe quelle marée d'origine naturelle... à moins que celle-ci ne soit pas naturelle. Et si les responsables de ce courant étaient les mêmes qui ont élaboré les pièges là-haut?

Ses pensées furent interrompues par la vue d'un éclair blanc à sa droite. Puis une vague glaciale provoqua des frissons dans tout son corps. Ces deux faits n'auraient eu aucune signification s'ils étaient survenus séparément, mais les deux ensemble suffirent à réveiller son instinct.

— Nuju! cria-t-elle.

Il lui était impossible de nager contre le courant. Nokama dégagea l'une de ses lames de la pierre et la replanta plus loin, puis elle fit la même chose avec l'autre lame. Ce mode de déplacement lui imposait un rythme pénible et lent. À un moment donné, sa main glissa de son outil Toa et le courant l'envoya s'écraser contre le mur. Elle lutta pour rester consciente et s'accrocha à l'autre lame. Tout lâcher signifiait être emportée à coup sûr.

Voilà qu'un objet blanc venait dans sa direction, sous l'eau, suivi aussitôt d'un autre. Elle n'arrivait pas à les identifier. Elle étendit le bras quand le premier objet arriva près d'elle et l'attrapa. C'était le masque de puissance de Nuju!

Le second objet, plus volumineux, était maintenant presque à sa portée. Ses deux mains étant pleines, elle étendit son corps de façon à ce qu'il soit perpendiculaire au mur et saisit Nuju avec ses jambes. La vitesse à laquelle il arrivait lui fit perdre l'équilibre et les projeta tous deux violemment contre le mur. Nokama grimaça quand son bras droit se tordit. Il lui fallut tout son courage pour ne pas lâcher prise et les faire couler, Nuju et elle.

Sans son masque, Nuju était un véritable poids mort. Nokama s'acharna donc à remettre le Kanohi sur la tête du Toa de la glace. Les yeux de Nuju brillèrent plus fort et il comprit immédiatement la situation. Il saisit l'une des lames hydro et utilisa son pouvoir pour créer une coquille de glace autour des deux Toa.

— Cette coquille ne tiendra pas longtemps, dit Nuju.

Il toussa et recracha du liquide de la rivière.

Nokama montra les bouts d'algues toujours enroulés autour des bras de son compagnon.

— Qu'est-ce que c'est?

— Une des créatures de la rivière avait envie d'un repas froid, répondit-il. Le courant l'a fait changer d'idée. Où sont les autres?

Nokama secoua la tête.

— Nuju... ils ont disparu. J'ai vu le véhicule passer devant moi, mais je n'ai pas...

Nuju passa son bras autour d'elle.

— N'aie pas peur, Nokama. Nous allons sûrement les retrouver.

S'ils sont toujours vivants, ajouta-t-il en lui-même.

— J'en ai assez, dit Onewa. Nous avons été déclarés criminels, capturés et emprisonnés, nous avons vu nos amis tomber sous l'emprise de Makuta et notre cité être anéantie. Maintenant, nous voilà sur le point de mourir et d'entraîner dans la mort les seuls six Matoran que nous avons réussi à sauver.

Il se tourna vers Whenua.

— Ça suffit, reprit-il. Tu vas faire cesser ça.

Whenua fixait le tourbillon. En dépit des grands efforts de Vakama dans le poste de pilotage, le véhicule se dirigeait droit vers la catastrophe.

— Qu'est-ce que tu veux dire?

— Écoute, dit Onewa. J'ai un plan.

Vakama avait abandonné l'idée d'éviter le tourbillon. Il essayait maintenant de calculer la meilleure façon de le traverser en minimisant les dommages pour le véhicule et les sphères des Matoran. Même si l'embarcation était détruite, peut-être réussiraient-ils à sauver quelques-unes, sinon la totalité des sphères, avant qu'elles ne soient perdues.

C'est alors qu'il aperçut quelque chose émerger des flots. Avant que son esprit puisse enregistrer ce que c'était, le véhicule heurta l'objet et fut projeté dans les airs. Il survola le tourbillon puis amorça sa chute après avoir atteint le point culminant de son ascension. Il plongea tête première dans la rivière, son pont ruisselant de protodermis liquide. Il faillit chavirer, mais il se redressa et refit surface complètement.

— Par Mata Nui, que s'est-il passé? dit Vakama.

Il était encore sous l'effet de la surprise et n'avait même pas remarqué que le courant s'était calmé et que le bateau ne filait plus à toute allure.

— J'ai réussi, répondit Whenua avec un large sourire.

— Nous avons réussi, corrigea Onewa.

— Un peu de pouvoir Toa, une rampe de terre instantanée… et un beau vol plané au-dessus du tourbillon, dit Whenua.

— C'était mon idée, bien sûr, l'interrompit Onewa. Le plus difficile, c'était d'expliquer le plan avant qu'il soit trop tard pour le mettre à exécution. Alors…

Il tapota gentiment le Masque du contrôle de la pensée qu'il portait.

— Tu as utilisé ton masque, compléta Vakama. Tu dirigeais les actions de Whenua.

— Son pouvoir Toa. Mon cerveau, répliqua Onewa. Une combinaison imbattable. Au fait, Whenua, ton cerveau est aussi encombré que tes Archives. Comment parviens-tu à penser dans un tel fouillis?

— Je l'ignore, répondit Whenua en éclatant de rire. J'imagine que j'ai simplement l'habitude de gérer plusieurs pensées à la fois, sculpteur. Tu devrais essayer.

— Nous sommes donc en sécurité pour le moment, dit Vakama d'une voix où perçait tout de même une certaine inquiétude. Nous devons retourner sur nos pas pour trouver Nokama et Nuju.

Le voyage de la peur

Onewa jeta un coup d'œil derrière lui et secoua la tête.

— Pas besoin, dit-il. Regardez!

Au loin, on voyait Nokama s'approcher en se tirant à l'aide de ses lames hydro. Au-dessus d'elle, Nuju se déplaçait sur un pont de glace créé par son pouvoir Toa. Tous deux semblaient épuisés, mais ils n'étaient pas blessés. Ils atteignirent le *Lhikan* en même temps. Matau fronça les sourcils quand Nuju aida Nokama à se hisser à bord.

— C'est bon de vous voir, tous les deux, dit Vakama. Mais, comment avez-vous fait pour échapper au tourbillon?

Nokama regarda le Toa du feu comme s'il avait perdu la tête.

— Quel tourbillon?

Vakama se rua à l'arrière du bateau. Pas de doute, c'était le calme plat sur la rivière. Pas un indice ne laissait supposer qu'un maelström avait fait rage par là. Et pourtant, le tourbillon, la rivière déchaînée… tout cela avait bien eu lieu, comme en témoignait le mauvais état du bateau.

Il s'accroupit et regarda fixement les flots. Le courant était définitivement moins fort et le tourbillon s'était évanoui juste après le moment où le *Lhikan* aurait dû être englouti.

Comme si quelqu'un les contrôlait. *Quelqu'un qui n'était pas assez près pour voir ce qui s'est passé,* pensat-il. *Quand cette personne a eu l'impression que nous avions disparu dans le tourbillon, elle l'a fait cesser.*

Il s'adressa à ses compagnons :

— Quelqu'un a véritablement essayé de nous éliminer. En ce moment même, cette personne croit que nous sommes tous morts.

Whenua et Matau eurent l'air surpris. Onewa haussa les épaules, incapable d'être étonné par quoi que ce soit qui arrivait maintenant aux Toa Metru. Nokama et Nuju approuvèrent d'un signe de la tête.

— Alors que faisons-nous maintenant, cracheur-defeu? demanda le Toa de la pierre.

— C'est simple, répondit Vakama en se relevant. Nous allons mourir.

Le *Lhikan* dérivait sur la rivière. Aucun Toa ne se tenait aux commandes pour le diriger et personne ne faisait le guet pour repérer les dangers pouvant survenir à l'horizon. En fait, il n'y avait aucun signe de vie sur le bateau.

Un observateur en aurait déduit qu'il y avait eu une bonne bataille à bord. Une des lames aéro-tranchantes de Matau était coincée dans le poste de pilotage. D'autres parties de l'embarcation avaient été endommagées par le feu et la glace. Pour quiconque voyait le tableau, l'histoire se lisait ainsi : une force mystérieuse avait vaincu les Toa Metru et les avait emportés vers une mort certaine.

Mais si ce même observateur avait eu la capacité de voir à travers les murs du véhicule, il aurait découvert tout autre chose. Six Toa Metru étaient entassés dans la cale exiguë, d'où ils écoutaient attentivement les bruits provenant de l'extérieur.

— Entends-tu quelque chose? chuchota Nokama à Vakama.

Le Toa du feu secoua la tête, mécontent. Il avait la certitude que le mystérieux traître se montrerait si tout laissait croire que les Toa avaient disparu dans le tourbillon. Bien sûr, cela voulait dire que leur ennemi avait l'intention d'utiliser leur bateau et devait s'assurer qu'ils étaient morts. Si ce n'était pas le cas, il se contenterait simplement de laisser dériver le *Lhikan*.

Onewa dit quelque chose, mais les mots sonnèrent comme s'ils venaient de très, très loin. L'esprit de Vakama était assailli par une autre de ses visions constituées de brèves images d'événements à venir… à moins qu'il ne s'agisse d'événements passés?

BIONICLE®

De monstrueux Rahi, déjà anciens aux premières heures de Metru Nui… chassés de leurs territoires marins… des mâchoires béantes… des tentacules qui approchent, qui approchent…

Le bateau vira, puis fit de violentes embardées d'un côté et de l'autre, éveillant Vakama en sursaut. Il comprit qu'ils n'avançaient plus : ils coulaient!

Onewa sauta sur ses pieds et tenta d'ouvrir l'écoutille de fortune, mais celle-ci était bloquée. Le véhicule coulait si rapidement qu'ils pouvaient tous sentir le changement de pression. Nokama utilisa son pouvoir pour créer une vague sous-marine afin de les faire remonter à la surface, mais l'espèce de force qui les entraînait vers le fond était trop puissante.

Une fissure apparut dans la coque, près de Nuju. Le liquide de la rivière commençait lentement à pénétrer à l'intérieur. Bientôt, d'autres fissures se formèrent dans d'autres coins de la cale. Le niveau du liquide atteignait déjà les chevilles des Toa et ne cessait de monter.

— Vakama, perce un trou dans la coque, dit Nokama. Nous devons sortir d'ici.

— Si je fais ça, le *Lhikan* est fichu, répliqua Vakama, ainsi que les six sphères des Matoran. Il doit y avoir un autre moyen de s'en sortir!

Le voyage de la peur

Le véhicule heurta brusquement le fond de la rivière. Les Toa Metru tentèrent par tous les moyens de s'accrocher à quelque chose pour éviter d'être projetés d'un bord à l'autre de la cale. La coque du véhicule grinça sous la pression de plus en plus forte du liquide qui menaçait de tout engloutir.

— Ne regarde pas maintenant, Vakama, dit Onewa, mais je crois que nous sommes à court de solutions.

La bête octopode qui tenait le *Lhikan* entre ses pattes examina attentivement sa prise. Cette chose étrange ne venait pas d'ici et devait, par conséquent, être capturée. Mais maintenant que le Rahi avait l'objet rigide en sa possession, il ne savait trop qu'en faire. Cette chose ne vivait pas et ne respirait pas; elle n'était pas comestible et n'avait même pas résisté ou essayé de s'enfuir.

La petite cervelle du Rahi conclut que cette prise ne lui était d'aucune utilité. Par contre, elle pourrait peut-être devenir une menace dans l'avenir s'il prenait le risque de la relâcher. Dans ce cas, il valait mieux la détruire tout de suite afin d'éviter des ennuis.

Les tentacules de la créature se mirent donc à écraser le *Lhikan*, déployant assez de force pour le réduire en miettes.

Mavrah pénétra dans la vaste caverne en ressentant un mélange de satisfaction et de tristesse. S'il avait eu le choix, il aurait préféré chasser les envahisseurs simplement en leur flanquant une bonne frousse plutôt qu'en leur faisant du mal. Mais il connaissait assez les Toa pour savoir qu'ils n'abandonnaient jamais, même devant une force au pouvoir écrasant. Chose certaine, Toa Lhikan ne s'était jamais dérobé à quelque menace que ce soit. D'ailleurs, c'était curieux qu'il ne se trouvât pas parmi ces étrangers…

N'empêche, il était bon pour Mavrah de constater que son génie inventif ne l'avait pas abandonné malgré toutes ces années. Le tourbillon avait fonctionné à merveille. Bien sûr, il n'était pas resté pour voir sombrer le bateau des envahisseurs. Il n'aurait eu aucun plaisir à assister à une telle scène.

Pendant un moment, Mavrah replongea dans ses souvenirs. Il se remémora les longues journées passées aux Archives à discuter avec Nuparu de leurs nouvelles idées d'inventions. Nuparu était déterminé à mettre au point, un de ces jours, un nouveau système de transport pour remplacer les toboggans, ne serait-ce que pour remettre les Le-Matoran à leur place.

Pour sa part, Mavrah souhaitait simplement mieux connaître les Rahi. Cela l'embêtait de voir que tant de créatures étaient conservées en état de stase dans les Archives, ce qui ne permettait pas d'en apprendre beaucoup à leur sujet. Comment un chercheur pouvait-il étudier les modèles de comportements de créatures qui étaient toujours endormies? Il s'imaginait parfois fracassant les tubes hypostatiques pour le simple plaisir de voir un de ces magnifiques Rahi se mouvoir de nouveau.

Mavrah sursauta quand une imposante créature semblable à un serpent descendit d'une stalactite et le frôla. Le Rahi se dirigeait vers le bassin, un trajet qui lui prendrait un certain temps étant donné qu'il faisait plus de douze mètres de long.

— Tu ne devrais pas me faire peur comme ça, dit-il gentiment. J'aurais pu croire qu'il s'agissait d'un autre Toa venu pour nous ramener tous là-bas.

L'Onu-Matoran se retourna quand deux bêtes mécanisées débouchèrent de couloirs latéraux. Elles ne firent pas attention à lui, mais prirent plutôt position de chaque côté du serpent. Elles voulaient s'assurer qu'il se rendrait sans problème jusque dans le bassin et sans être observé par quelque étranger. Là où un groupe de Toa était apparu, d'autres pouvaient apparaître.

Mavrah traversa la caverne et alla se planter au bord du grand bassin. Sous sa surface paisible vivaient quantité de Rahi, vestiges d'un temps bien plus ancien que Metru Nui. Puissants, imprévisibles et surtout, très dangereux, ils étaient néanmoins les seuls amis de Mavrah dans ce coin désert. Et personne, non, *personne*, ne viendrait les lui enlever.

L'un de ces « amis » était justement occupé à essayer d'ouvrir le *Lhikan*. Le véhicule Vahki se révélait plus coriace que le Rahi octopode ne l'avait imaginé, mais ce n'était qu'une question de secondes avant que sa coque ne cède sous la pression.

Tout à coup, le véhicule se mit à rougir. Une intense décharge de chaleur força le Rahi à lâcher sa prise, permettant ainsi au *Lhikan* de remonter prestement à la surface.

La chaleur diminua lentement. Après un moment, l'écoutille s'ouvrit et les Toa Metru apparurent sur le pont. Vakama trébucha et faillit tomber, mais Nokama le rattrapa juste à temps.

Le voyage de la peur

— Doucement! dit-elle.

— C'est la plus forte bouffée de chaleur que j'aie produite à ce jour, dit Vakama. Tant de chaleur et aucune flamme… mais ça a fonctionné.

— Je me demande ce qui a bien pu nous tirer-tracter vers le fond comme ça, questionna Matau. Et où cette chose est-elle passée?

Au même moment, un immense tentacule fendit les flots, vint s'enrouler autour de Matau et le tira hors du bateau.

— Quand donc vais-je apprendre à ne pas poser de questions stupides? cria le Toa de l'air avant de disparaître sous les flots.

D'un même élan, tous les Toa Metru plongèrent à sa rescousse. Un coup de tentacule fit faire un vol plané à Nuju. Un autre tentacule agrippa Vakama. Nokama s'arrêta pour venir en aide au Toa du feu, mais celui-ci lui fit signe de s'éloigner.

L'instant d'après, elle comprit pourquoi – bien qu'elle ne vit rien. En faisant appel au pouvoir de son Masque de dissimulation, Vakama se rendit invisible. Le Rahi était perplexe. Il sentait sa prise, mais ne la voyait pas. Il relâcha légèrement son étreinte. Ce fut suffisant pour que Vakama se dégage et réapparaisse à côté d'Onewa.

43

Matau était mal en point. Il n'avait pas eu le temps de prendre une bonne respiration avant d'être entraîné sous les flots et il était sur le point de se noyer. Pire, le Rahi avait commencé à s'éloigner en le retenant toujours prisonnier. Onewa lança un regard à Whenua qui lui répondit par un signe de la tête. Tous deux déclenchèrent leur pouvoir élémentaire pour former des « mains » de terre et de pierre qui s'élevèrent du fond marin pour saisir la créature.

Nuju se propulsa en avant en utilisant à la fois son pouvoir élémentaire et celui de son masque. La bête fut bombardée par des jets de glace et de pierre projetés par télékinésie. Assommée, elle laissa échapper Matau. Nokama l'attrapa et s'empressa de le ramener à la surface.

Onewa et Whenua relâchèrent le Rahi qui se débattait. La créature s'enfuit aussitôt. Vakama fit signe aux Toa de remonter de toute urgence à bord du véhicule.

Ils étaient encore en train de grimper quand le Toa du feu cria :

— Matau! Départ immédiat!

Nokama et Matau le regardèrent avec surprise. Le Toa de l'air comprit que ce n'était pas le moment de discuter. Il sauta dans le poste de pilotage et mit le bateau en marche.

— Nous pourchassons la bête, dit Nuju à Vakama.

Ce n'était pas une question.

— Oui, répondit le Toa du feu. À notre tour d'être les chasseurs.

D'une cachette toute proche, six paires de récepteurs audio enregistrèrent les paroles de Vakama. Six paires de capteurs optiques étudièrent les Toa Metru, leurs forces, leurs faiblesses et leur état actuel. Des mécanismes complexes se mirent à analyser, évaluer et calculer le moment idéal pour une attaque.

L'un des six êtres fit demi-tour et s'engagea sur le chemin du retour. Dans n'importe quel conflit, la défaite était une option. La logique voulait que les renseignements obtenus soient transmis aux autres pour utilisation future, si nécessaire. C'était donc dans ce but que ce robot retournait auprès de Mavrah, pendant que les autres allaient poursuivre et appréhender les envahisseurs.

Si ces êtres avaient été dotés de muscles, ils les auraient sentis se tendre dans l'attente du combat à venir. Si du sang avait coulé dans leurs veines, il aurait circulé beaucoup plus vite à l'idée de se battre après tant d'années d'inactivité. Mais ils ne pouvaient que fixer les Toa d'un regard froid et calculateur. Il n'y aurait ni colère ni haine dans leur attaque, seulement un désir de tout détruire d'une façon simple, précise et efficace.

Nuju se tenait debout à l'avant du bateau. La lentille télescopique de son masque de puissance visait le sillage de la bête octopode. Nokama était à ses côtés, prête à poursuivre la créature sous les flots si celle-ci décidait de plonger.

Près du poste de pilotage, Vakama et Onewa élaboraient un plan. Malgré leurs différends, les deux Toa en étaient venus, par la force des choses, à éprouver du respect l'un pour l'autre. Si Vakama avait toujours ses moments de doute et Onewa oubliait trop souvent de tenir sa langue, ils demeuraient les meilleurs stratèges parmi les Toa. Whenua avait été invité à se joindre à eux, mais il avait refusé, préférant rester seul.

Tous les Toa se retournèrent en entendant le cri de Nuju. La rivière s'était élargie en une large voie navigable, encore plus vaste que la Carrière aux sculptures de Po-Metru. Le Rahi qu'ils poursuivaient avait disparu dans les profondeurs, mais personne ne s'en était aperçu. Leurs yeux étaient tournés vers les douzaines de monstres qui apparaissaient maintenant à la surface du lac et qui mugissaient leur colère au *Lhikan*.

Nokama avait vécu toute sa vie près de la mer argentée. Entre ses explorations sous-marines et ses visites aux Archives, elle avait croisé tous les genres de créatures aquatiques possibles, du moins le croyait-elle. En vérité, elle n'avait jamais rien vu de tel. Les yeux remplis d'effroi, elle aperçut un serpent presque aussi long que le Colisée se dresser de toute sa longueur hors du liquide. Des créatures bizarres, semblables à des limaces géantes, rampaient le long de la côte rocheuse. Des poissons immenses faisaient des bonds prodigieux dans les airs, en lançant des éclairs avec leurs nageoires aussi fines que des lames de rasoir.

D'une certaine façon, la vue de tant de Rahi jusqu'ici inconnus avait quelque chose de très beau, mais cette beauté effrayait par la férocité qui s'en dégageait. Sur la droite, une espèce de reptile émergea des flots avec un Tarakava qui se tortillait entre ses puissantes mâchoires. Sur la gauche, un Rahi du même genre que celui que le *Lhikan* poursuivait se débattait, en vain, pour échapper à deux gigantesques créatures semblables à des crabes.

— C'est… stupéfiant, murmura Nokama.

— C'est du délire, répliqua Nuju.

— Vous n'y êtes pas, dit Whenua. C'est... c'est une catastrophe.

— Et si on filait-disparaissait discrètement avant qu'ils se décident à nous avaler tout rond? proposa Matau.

Vakama secoua la tête.

— Non. Il n'y a rien derrière nous, rien qu'une cité sombre et abandonnée, remplie de Matoran endormis qui comptent sur nous pour leur trouver un refuge. Et si pour cela, nous devons traverser ce lac, alors nous le ferons.

— Je déteste le dire, cracheur-de-feu, mais tu as tout à fait raison, admit Onewa.

— Pourquoi détestes-tu le dire?

— Ça ternit ma réputation, dit le Toa de la pierre.

Mavrah regardait le robot Kralhi approcher. Il savait que s'il revenait seul, c'était qu'il avait des nouvelles à lui communiquer, de mauvaises nouvelles sans doute.

En tant que Matoran, il ne pouvait s'empêcher de ressentir un peu de peur en présence de la créature mécanique. Bien avant que les brigades de Vahki soient mises en place à Metru Nui, c'étaient les Kralhi qui avaient la responsabilité d'y faire respecter la loi. Ils étaient bien équipés pour cela. Leur queue en forme de dard pouvait projeter une bulle d'énergie autour d'une cible. Une fois prisonnière de la bulle, la victime était rapidement vidée de son énergie, laquelle était redirigée vers le Kralhi. La victime devenait alors trop faible pour causer quelque dommage que ce soit.

Cela devint toutefois un problème. L'objectif était de remettre au travail le plus vite possible les Matoran fauteurs de trouble ou ceux qui s'éclipsaient du travail. Or, les Kralhi les affaiblissaient à un tel point qu'ils ne pouvaient travailler pendant plusieurs jours. On décida finalement que les Kralhi devaient être éliminés et remplacés.

Prendre une telle décision et la mettre en application s'avérèrent deux choses bien différentes. À ce jour, personne ne savait exactement jusqu'à quel point la conscience des Kralhi était développée. Chose certaine, ils opposèrent une résistance au fait d'être mis hors service et envoyés à la ferraille. Les Matoran y arrivèrent avec quelques-uns d'entre eux, mais la plupart se défendirent farouchement. Grâce à l'aide des Vahki nouvellement construits, les Matoran connurent la victoire, si l'on peut dire, en réussissant à chasser les Kralhi hors de la cité. Personne ne sut où ils s'étaient enfuis ni ne se soucia de leur sort, du moment qu'ils étaient partis.

Le jour où il était tombé sur eux, Mavrah avait été terrifié, sûr que les Kralhi l'attaqueraient et le forceraient à retourner dans la cité. Mais ils n'avaient esquissé aucun geste menaçant. Au fil du temps, Mavrah avait compris que leur rôle premier – servir et protéger les Matoran – était toujours en fonction. Aussi longtemps qu'il ne leur ferait pas de mal ou qu'il ne tenterait pas de les éliminer, ils toléreraient sa présence et accepteraient volontiers de le servir.

Le Kralhi s'arrêta devant lui. Quand il parla, Mavrah entendit la voix de l'un des Toa : « À notre tour d'être les chasseurs. » Puis la machine attendit une réponse.

Mavrah hésita. Il avait essayé de détruire ces Toa et il était certain d'avoir réussi. S'ils avaient survécu, ce devait être que Mata Nui voulait qu'il en soit ainsi. Mavrah se demanda si c'était un signe. Peut-être que les Toa comprendraient s'il leur expliquait les raisons de sa présence ici et pourquoi il devait y rester. Alors, les Toa pourraient retourner à Metru Nui et dire à Turaga Dume de faire cesser les recherches.

— Retourne là-bas, ordonna Mavrah au Kralhi. Capture les six Toa et ramène-les vivants.

Le Kralhi resta là, fixant Mavrah comme s'il n'avait rien compris à ses paroles. Mavrah savait que la créature était obstinée et entêtée. Il répéta d'une voix ferme :

— Vivants. Sains et saufs. C'est un ordre. Va, maintenant.

Le Kralhi fit demi-tour et s'éloigna. Mavrah crut détecter quelque chose d'inhabituel dans sa façon de se déplacer, mais il chassa rapidement cette idée.

Un Kralhi n'est qu'une machine, se rappela-t-il. *Il ne peut pas ressentir de déception... n'est-ce pas?*

Malheureusement, tout le monde ne partageait pas le désir soudain de Mavrah de veiller à la sécurité des Toa. Le *Lhikan* avait réussi à traverser environ la moitié du lac avant d'attirer l'attention de la faune locale. À présent, les bêtes se bousculaient les unes les autres dans une course effrénée pour être la première à dévorer le bateau et ses occupants.

Les Toa pouvaient cependant compter sur une nouvelle alliée, une gigantesque baleine à tentacules qui barrait maintenant le passage aux attaquants. Onewa avait déjà utilisé son Masque du contrôle de la pensée sur des Rahi, et celui-ci avait juste assez de cervelle pour que le Toa ait quelque chose à manipuler. Toutefois, cela voulait dire que le Toa de la pierre ne pouvait aider à défendre l'embarcation; les autres firent donc de leur mieux pour combler ce manque.

Un serpent cornu s'enroula autour de la coque du bateau. Sa tête surgit au-dessus du pont, sifflant vers Nuju en lui montrant ses crochets malfaisants. Le Toa de la glace fit jaillir deux jets de glace de ses pointes de cristal et marmonna à l'intention de la bête :

— Non, je ne suis pas intéressé.

Durci par le froid, le serpent coula à pic au fond du lac.

De l'autre côté de l'embarcation, des bancs entiers de poissons s'élançaient hors du liquide pour atterrir sur le pont du *Lhikan*. Jusque-là, Matau avait utilisé son pouvoir élémentaire pour les repousser au moyen d'un vent fort, mais il eut tout à coup une meilleure idée. Utilisant le pouvoir de son Masque d'illusion, il se transforma en une sorte de requin énorme doté de trois paires de mâchoires. Terrorisés, les poissons regagnèrent les flots, à l'exception d'un seul qui resta sur le pont.

Matau baissa les yeux sur lui. Il n'avait jamais été un grand amateur de vie marine et ce spécimen était particulièrement repoussant.

C'est drôle-bizarre, il a le même sourire que Makuta, songea-t-il. *Vraiment ce dont l'univers a besoin : un poisson-Makuta.*

Le voyage de la peur

Vakama était partout à la fois. Les créatures marines, peu importait leur taille, détestaient le feu, et il avait réussi à en faire fuir quelques-unes parmi les plus monstrueuses. Celles qu'il ne pouvait pas arrêter étaient emportées par les vagues ou happées par les fonds marins grâce aux pouvoirs de Nokama et de Whenua. Tout laissait croire que les Toa se sortiraient de cette épreuve, même si Vakama se demandait comment ils parviendraient à faire le voyage une seconde fois en remorquant tous les Matoran endormis.

Tout à coup, une vague géante s'abattit sur l'embarcation, manquant d'envoyer Vakama par-dessus bord. Quand elle se retira, tous les Toa sentirent que quelque chose n'allait pas. Le bateau flottait toujours, mais il gîtait dangereusement d'un côté.

— Une des sphères, dit Nokama. Ils doivent avoir arraché l'une des sphères! Je dois aller là-dessous et...

— Non! dit Nuju en l'attrapant pour l'empêcher de plonger. Je t'ai déjà laissée faire, mais pas cette fois. Tu ne survivrais que quelques secondes parmi ces créatures et tu le sais très bien. Si nous avons perdu l'une des sphères, nous allons la retrouver...

— Quand? demanda Nokama. Avant ou après qu'un de ces monstres marins en aura fait son dîner?

— Je sais ce que tu ressens, dit Whenua tout en bombardant de mottes de fond marin un Rahi envahisseur. Tu peux me croire. Mais nous sommes presque rendus de l'autre côté du lac. Une fois dans le tunnel, les créatures ne pourront nous attaquer qu'une par une. Un Toa s'en occupera pendant que les autres...

— Il sera trop tard! lança Nokama en se dégageant de l'étreinte de Nuju.

Elle courut au bord de la plate-forme.

Vakama la vit et agit aussi vite qu'elle. Il éleva un mur de flammes autour du véhicule, empêchant ainsi les Rahi d'approcher et Nokama de sauter.

— Vakama, pourquoi...?

— Nous avons peut-être perdu un ami, répondit le Toa du feu. Je ne vais pas permettre que nous en perdions un autre.

Nokama n'eut pas le temps de répondre : elle fut tout à coup soulevée dans les airs. Vakama regarda Nuju, pensant qu'il utilisait son Masque de télékinésie, mais le Toa de la glace était aussi surpris que les autres. C'est alors que Matau remarqua la bulle d'énergie qui entourait Nokama. Il scruta les flammes, puis aperçut finalement ce qu'il redoutait, mais qu'il était sûr de trouver.

Le voyage de la peur

— Des Kralhi! cria-t-il. Ils ont capturé Nokama!

— Whenua, toi et Onewa vous vous occupez de tenir les Rahi en respect, ordonna Vakama. Nuju, Matau et moi, nous allons secourir Nokama!

Mais Matau n'était plus là, prisonnier à son tour d'une bulle Kralhi qui l'emportait. Nuju érigea une barrière de glace pour tenter d'arrêter la bulle, mais une grosse pierre lancée par un Kralhi l'affaiblit durement. Quand la bulle retenant Matau prisonnier heurta la barrière, celle-ci s'effondra et tomba dans le lac.

Les Kralhi attaquaient maintenant pour de bon, déstabilisant les Toa par d'incessants tirs de pierres et de bulles d'énergie. Onewa fut le prochain à être capturé. Cela permit au Rahi dont il avait contrôlé l'esprit de plonger sous la surface et de disparaître.

Les Toa se battirent vaillamment, mais, attaqués sur deux fronts et rompus de fatigue, ils ne purent se défendre bien longtemps. Nuju se préparait à atteindre un Kralhi d'un jet de glace calculé à la perfection quand un des Rahi percuta le véhicule et fit tomber le Toa. L'instant d'après, Nuju était prisonnier d'une bulle Kralhi et sentait son énergie le quitter.

Vakama et Whenua résistèrent plus longtemps, mais finirent par tomber eux aussi aux mains des

Kralhi. Vakama poussa un cri de colère et de frustration à la vue du véhicule abandonné, dérivant dans le tunnel avec sa précieuse cargaison. Puis la soif d'énergie des Kralhi fit son œuvre. L'esprit de Vakama tomba dans un trou noir et alla rejoindre celui des autres dans le monde de l'inconscience.

Nuju n'avait pas espéré se réveiller. S'il devait voir la lumière de nouveau, il avait imaginé que ce serait à partir d'une cellule ou, à tout le moins, enchaîné aux autres Toa. Mais la réalité se révéla complètement différente.

La première chose qu'il vit en ouvrant les yeux fut le plafond d'une vaste caverne. L'air y était tiède, comme si du protodermis liquide coulait sous le plancher pour produire de la chaleur, comme cela se faisait dans les maisons de Metru Nui.

Il jeta un coup d'œil à la ronde, tâchant de ne pas bouger la tête afin de ne pas montrer qu'il était éveillé. Il pouvait voir les autres Toa, certains remuant, d'autres gisant toujours inconscients. Ils étaient tous étendus sur un confortable lit d'algues séchées.

Il aurait bien pu penser que cette histoire n'était qu'un mauvais rêve si ce n'avait été la présence de trois Kralhi, visiblement chargés de monter la garde. Réalisant qu'il ne pouvait pas les leurrer, Nuju s'assit. Ses parties mécaniques étaient intactes, mais ses composantes biologiques lui faisaient très mal. Il lui faudrait du temps pour se remettre du drainage d'énergie des Kralhi.

Les autres Toa étaient maintenant tout à fait éveillés. Vakama commença à se mettre debout, mais aussitôt, un des Kralhi avança d'un pas. Quand le Toa du feu se rassit, le gardien retourna à sa position d'origine.

— Je crois qu'on n'ira pas en promenade, dit Onewa. Des Kralhi. Je n'aurais jamais pensé revoir un jour ces tas de ferraille.

— Je suggère que, dès que nous aurons recouvré toutes nos forces, nous courions vers le bassin et tentions de retrouver le véhicule, dit Nokama. Je n'aimais pas ces machins quand ils patrouillaient dans Metru Nui. Je les aime encore moins ici.

Vakama regarda autour de lui. Des Rahi amphibiens de très grande taille rampaient et se déplaçaient dans la caverne, mais tous prenaient soin de rester à une bonne distance des Kralhi. Cela n'avait aucun sens. Pourquoi ces créatures devraient-elles craindre des êtres mécaniques et leur obéir? D'ailleurs, pourquoi les Kralhi voudraient-ils contrôler les Rahi? Et puis, que faisaient-ils ici?

Whenua remarqua un petit personnage qui arrivait

par l'autre bout de la caverne et qui venait dans leur direction. À ses côtés trottait un Rahi de taille moyenne, un genre de croisement entre un lézard et un Kavinika, une créature semblable à un loup et originaire de Po-Metru. Le Toa de la terre prêta peu d'attention à la bête, ses yeux étant fixés sur le Matoran qui approchait et qu'il connaissait trop bien.

— Les Kralhi ne devraient pas vous inquiéter, dit Mavrah en arrivant près des Toa. Ils sont seulement ici pour s'assurer que vous demeurez... raisonnables.

— Nous sommes toujours raisonnables, rétorqua Onewa. À vrai dire, j'aurais mille et une raisons de te transformer en jardin de rocaille.

Nokama fit signe à Onewa de se taire.

— Qui es-tu? demanda-t-elle. Pourquoi nous as-tu amenés ici? Tu dois nous laisser partir. Notre mission est d'une importance capitale!

Mavrah ricana.

— Qui je suis? Comme si vous ne le saviez pas? Je suis au courant de votre mission, Toa... si c'est ce que vous êtes vraiment. C'est d'ailleurs la raison pour laquelle je vous ai amenés ici.

Onewa activa le pouvoir de son Masque du contrôle de la pensée et s'immisça dans l'esprit de Mavrah. Le Matoran se raidit, puis prononça exactement les paroles qu'Onewa souhaitait entendre :

— Une fois de plus, vous avez raison. Je vais vous libérer. Les Kralhi vont vous escorter jusqu'à la sortie.

Le Rahi qui se tenait à côté de Mavrah poussa un cri si perçant qu'Onewa pensa que son masque allait se fendre. Les Kralhi réagirent en lançant des disques de faiblesse à chacun des Toa. Le pouvoir du disque fut suffisant pour briser la concentration d'Onewa et libérer l'esprit de Mavrah de son contrôle.

Le Matoran secoua la tête comme s'il sortait d'un mauvais rêve.

— Ne... ne recommence pas. Mon animal de compagnie est un Rahi très rare. Il ressent l'utilisation des pouvoirs issus des masques Kanohi, de la même façon qu'un rat Kinloka peut sentir la nourriture de très loin. De plus, comme vous l'avez sans doute remarqué maintenant, mes Kralhi sont très bien entraînés.

Le Matoran sourit et poursuivit :

— Bon, ne perdons plus de temps. Oui, mes Rahi ont retrouvé votre véhicule et ces sphères brillantes aussi... des créations vraiment remarquables, en passant. Je suis prêt à vous les rendre si vous rebroussez chemin, retournez là d'où vous venez et livrez un message à Turaga Dume pour moi.

Le voyage de la peur

— Cela pourrait être, disons... difficile, répondit Vakama. Mais quel est ce message?

— Dites-lui de me ficher la paix! hurla Mavrah avec une force qui fit sursauter les Toa.

Il y eut un silence pesant. Le Matoran se calma, puis il ajouta d'une voix plus douce :

— Je vais bien. Les Rahi vont bien. Nous ne voulons rien de Metru Nui, et Metru Nui ne devrait rien attendre de nous.

Les Toa échangèrent un regard, aucun d'entre eux ne désirant être celui qui annoncerait au Matoran le sort qu'avait connu Metru Nui. Enfin, Whenua se leva. Les Kralhi avancèrent aussitôt vers lui, mais le Toa de la terre les ignora.

— Mavrah, par Mata Nui, arrête tout ça, dit-il.

Les autres Toa le regardèrent, stupéfaits. Whenua connaissait ce Matoran fou?

Whenua fit un pas en direction de Mavrah, puis un autre. Le Matoran fit signe aux Kralhi de ne pas bouger.

— Tu mènes une bataille terminée depuis très longtemps, contre des ennemis qui n'existent plus, continua le Toa de la terre. Metru Nui n'est pas une menace pour toi, mon vieil ami, parce que Metru Nui n'existe plus.

Mavrah ne dit pas un mot pendant que Whenua faisait son récit. Le Toa raconta l'histoire des attaques de la Morbuzakh contre la cité, la transformation de six Matoran en Toa Metru, la trahison du faux Turaga Dume et le sommeil comateux dans lequel étaient maintenant plongés tous les Matoran. Quand il eut fini, il attendit la réaction du Matoran.

Le Toa n'eut pas à attendre longtemps, mais la réaction ne fut pas celle qu'il espérait : Mavrah éclata de rire.

— Des mensonges, dit-il. Mais des mensonges amusants. Lhikan distribuant des pierres Toa comme si elles étaient des cadeaux d'anniversaire? Whenua, choisi parmi tous les Matoran pour être un Toa? Et Turaga Dume... non, *pardon*, Makuta... un sinistre conspirateur? Oui, tout ça est vraiment amusant.

Le visage de Mavrah s'assombrit soudainement.

— Le Whenua que j'ai connu avait bien des défauts, mais il n'était pas menteur. Ça signifie que tu n'es pas Whenua. Je ne peux pas te faire confiance, ni à toi ni à aucun de vous.

Les Kralhi avancèrent vers les Toa jusqu'à ce que ceux-ci soient adossés à la paroi de la caverne. Mavrah les rejoignit, ses yeux fixés sur Whenua.

— Je sais qu'aucune prison ne résiste aux vrais Toa,

mais je devine que vous tenez beaucoup à votre bateau, sinon vous n'auriez pas combattu avec autant d'ardeur pour le sauver. Alors, faites un geste pour vous évader ou pour m'attaquer et il sera détruit, tout comme ces drôles de sphères. Je veux que vous vous teniez tranquilles, tous les six...

Mavrah s'arrêta brusquement. Son Rahi de compagnie avait recommencé à hurler. Il examina les cinq Toa devant lui et... Cinq? Il était pourtant sûr qu'il y en avait six. Oui, il y avait bien six Toa, ce qui signifiait que...

— L'un d'eux s'est échappé! s'écria-t-il.

Il fit un signe à deux Kralhi qui venaient de sortir de l'ombre, du côté le plus éloigné de la caverne.

— Trouvez-le! Ramenez-le ici!

Les bêtes mécaniques firent demi-tour et sortirent par un tunnel latéral. Nokama les regarda partir en espérant que Vakama en profiterait pour s'enfuir et retrouver le véhicule. Pendant que Mavrah parlait, il avait utilisé le pouvoir de dissimulation de son masque pour devenir invisible. Le Matoran avait été tellement contrarié par sa disparition qu'il n'avait même pas vu l'ombre de Vakama, qui restait pourtant visible même lorsque celui-ci ne l'était pas.

Mata Nui, si vous m'entendez, venez en aide à

Vakama, pensa Nokama. *Le sort de tous les Matoran repose désormais entre ses mains.*

Les Kralhi entreprirent leur chasse de façon méthodique, en se déplaçant avec lenteur dans le seul tunnel que l'étranger devait logiquement avoir emprunté. Son invisibilité représentait un bien petit ennui pour eux. Leurs capteurs ultra-sophistiqués seraient sûrement capables de le retracer.

Néanmoins, ce qui ajoutait une intangible excitation à cette poursuite, c'était plus que la confiance absolue qu'ils avaient en leur victoire. C'était quelque chose de très simple, quoique potentiellement horrible en ce qui concernait le Toa du feu : Mavrah n'avait pas spécifié que le fugitif devait être ramené vivant.

Vakama se déplaça le plus vite qu'il put. Il avait découvert que le problème avec l'invisibilité, c'était qu'il ne se voyait pas, lui non plus. C'était un véritable tour de force que de courir sans voir ses propres pieds.

Il entendait les lourds bruits de pas des Kralhi derrière lui. Il ignorait s'ils étaient capables de le voir ou pas, mais il était prêt à parier sur la puissance de son masque Kanohi.

Le voyage de la peur

Vakama n'avait plus qu'un seul disque Kanoka sur lui, un disque frigorifiant d'une puissance assez considérable. Un plan commença à s'élaborer dans son esprit. Un disque pouvait être plus que suffisant, s'il était bien utilisé...

Il continua à courir, tout en insérant le disque dans son lanceur. Quand il trouva l'endroit idéal pour une embuscade, il sut que les Kralhi étaient mûrs pour une bonne surprise.

Matau observait les Kralhi qui montaient la garde. Tous les trois étaient immobiles comme des statues, mais il savait combien ils étaient prompts à réagir à n'importe quel mouvement. Il calcula mentalement quelle combinaison de sauts et de roulades lui permettrait de s'approcher d'eux. Tout ce qu'il demandait, c'était d'avoir l'occasion de mettre ses lames aéro-tranchantes en action.

— On attend longtemps encore? murmura-t-il.

— Laissons encore dix minutes à Vakama, répondit Onewa. Puis on y va. Nuju, Whenua et moi allons distraire les Kralhi. Nokama et toi, vous vous chargerez de Mavrah.

— Je n'ai jamais aimé les Onu-Matoran, marmonna le Toa de la glace. Je les aime encore moins maintenant.

— Ne le blâme pas. Tu ne peux pas comprendre, dit Whenua.

— Il y a bien des choses que nous ne comprenons pas, rétorqua Onewa, mais j'ai l'impression que toi, tu comprends. Le moment est peut-être venu de nous en parler, non?

Whenua hésita un long moment. Puis il hocha la tête et commença son récit.

Le récit de Whenua

Bien avant la Morbuzakh, bien avant les actes du faux Turaga Dume, bien avant l'arrivée des Toa Metru, la cité de Metru Nui était un endroit de paix et de savoir. À l'exception des tournois d'akilini disputés au Colisée, la seule véritable distraction qu'on y trouvait était les rares apparitions de bêtes Rahi aux abords de la cité. Dans ces cas-là, Toa Lhikan et les brigades Vahki entraient en action, chassant les créatures ou les capturant pour les exposer aux Archives.

Il n'était pas rare pour Whenua, un archiviste chevronné de commencer ses journées par les nouvelles des dernières captures. Ce jour-là, on frappa à sa porte d'une manière particulièrement frénétique. Il ouvrit, formulant en silence le vœu qu'aucune créature exposée ne se soit échappée en saccageant une aile entière sur son passage.

Onepu n'attendit même pas que la porte s'ouvre en entier pour se faufiler dans la pièce. Ses yeux brillaient d'excitation et sa lumière de vie clignotait à toute vitesse.

— C'est incroyable! Il faut que tu voies ça! Personne n'est au courant, même pas Toa Lhikan!

— Calme-toi, dit Whenua. Tu parles plus vite qu'un Le-Matoran. Venir voir quoi? D'autres Rahi ont été livrés? Les mineurs ont trouvé encore de ces machins Bohrok?

— Mieux que ça. Mais je ne peux pas t'expliquer. L'archiviste en chef veut nous voir immédiatement, Mavrah, toi et moi.

Onepu sortit en trombe, traînant à sa suite un Whenua troublé. La dernière fois que l'archiviste en chef les avait convoqués, quelques douzaines de chauves-souris de glace s'étaient échappées de leurs tubes et avaient envahi les bureaux de l'administration. Il espéra qu'à cette réunion, il ne serait question ni de filets, ni de boîtes, ni de quoi que ce soit qui ait des ailes.

Le trajet fut plus long que Whenua ne l'avait imaginé. Onepu le guida sur un sentier sinueux menant aux Archives. Ils empruntèrent des toboggans qui plongeaient profondément sous la surface et qui aboutissaient à des niveaux inférieurs peu familiers à Whenua. Puis ce fut une longue marche dans des tunnels abandonnés jusqu'à un autre toboggan qui avait sérieusement besoin d'être réparé, puis une autre descente abrupte jusqu'à un niveau inférieur qui n'apparaissait sur aucune carte des Archives.

— Où sommes-nous?

— Viens, dit Onepu. Attends un peu de voir ça.

Quand les deux Matoran tournèrent le coin, une lumière éblouissante les aveugla. Ce niveau inférieur était presque entièrement recouvert de liquide dans lequel se trouvaient des créatures sorties tout droit des rêves de tout archiviste... ou de ses pires cauchemars. Il y avait d'immenses bêtes aquatiques, assez grandes pour avaler un Muaka en une seule bouchée. Tout près se tenaient des crabes monstrueux assez forts pour écraser des pierres avec leurs pinces. La vue d'un seul de ces Rahi aurait été une expérience bouleversante en soi, mais il y avait là des douzaines et des douzaines de ces spécimens.

Whenua resta sans voix. Onepu se contenta de sourire. Mavrah, qui était déjà sur les lieux, contemplait l'incroyable faune qui s'étalait sous ses yeux.

— Je t'avais prévenu, dit Onepu. Même l'archiviste en chef était stupéfait.

— D'où sortent-ils? demanda Whenua. Et que... Que sont-ils?

Mavrah se retourna en entendant leurs voix.

— Ils sont apparus au large de la côte d'Onu-Metru la nuit dernière, dit-il. Il a fallu Mata Nui sait combien de brigades Vahki pour les faire entrer ici. C'était le seul endroit de la cité assez vaste pour tous les contenir.

Une des créatures resta en surface assez longtemps pour que Whenua puisse apercevoir un requin Takea coincé entre ses mâchoires. Puis elle plongea à nouveau, laissant deviner quel sort attendait la malheureuse proie.

— Il n'existe pas de tube hypostatique assez gros pour... commença Whenua.

— Ils ne seront pas exposés.

Les trois archivistes se retournèrent pour voir Turaga Dume arriver vers eux.

— L'archiviste en chef m'a demandé la permission de garder ces créatures ici pour les étudier et j'ai acquiescé à sa demande, poursuivit-il. Elles ne seront pas placées en état de stase afin que vous trois puissiez observer des spécimens conscients.

Tous les trois remercièrent le Turaga. Dume les arrêta.

— Non, ne me remerciez pas. J'agis contre ma conscience. En liberté, des créatures comme celles-là pourraient détruire la moitié de la cité à elles seules. C'est pour cette raison que cette affaire doit rester strictement confidentielle. Je ne veux pas qu'un vent de panique souffle sur la cité. C'est compris?

Les archivistes approuvèrent. Jamais auparavant le Turaga n'avait toléré, en toute conscience, l'existence d'un danger pour la cité dans les limites de celle-ci. Il y avait quelque chose d'effrayant dans l'idée que, non seulement la sécurité des Archives, mais peut-être celle de Metru Nui elle-même, dépendait du soin qu'ils apporteraient à l'accomplissement de leur travail.

— Et Toa Lhikan? demanda Whenua. Ne devrait-il pas être averti?

— Non, répondit Dume. Le premier devoir de Lhikan est d'assurer la sécurité de la cité et il ne comprendrait pas. Or, l'avancement de la science des Matoran nécessite la prise de certains risques. On m'a convaincu qu'il y avait des choses à apprendre de ces... monstres. Ne me prouvez pas le contraire.

La tête d'un serpent qui avait ni plus ni moins la taille de Po-Metru émergea des flots et poussa un mugissement. Le son ébranla tout le souterrain.

— Que Mata Nui nous protège, dit Dume en s'éloignant.

* * *

Les trois Onu-Matoran instaurèrent rapidement un emploi du temps. Chaque matin, à la première heure, ils se rendaient ensemble aux Archives. Rester en compagnie les uns des autres les aidait à ne pas divulguer leur secret aux autres archivistes qui auraient pu s'intéresser à leur nouveau projet. Ils passaient toute la journée et une bonne partie de la nuit à observer et à évaluer les étranges créatures marines, prenant en note tout ce qu'ils pouvaient à propos des comportements et des caractéristiques de ces Rahi. Puis ils retournaient chez eux pour un trop bref repos avant de recommencer.

Whenua et Onepu se plaignirent bientôt, et à plusieurs reprises, qu'il fallait plus que trois Matoran pour mener à bien ce travail. Mais Mavrah affirmait que le caractère secret était essentiel à la réussite du projet et l'archiviste en chef abondait dans ce sens.

La fatigue et le surmenage finirent par avoir des conséquences sur leur travail. Les trois Matoran commencèrent à se quereller à propos de tout et de rien. Des notes étaient égarées, des expériences étaient gâchées par accident et, à un moment donné, un des Rahi tenta même de regagner la mer, ayant presque échappé à Onepu et à une brigade Vahki.

Le voyage de la peur

Ce fut suffisant pour provoquer la colère de Mavrah.

— Idiot! cria-t-il à Onepu. Réalises-tu ce qui serait arrivé s'il avait réussi à s'échapper?

— Il a raison, dit Whenua. La bête aurait pu se diriger vers la cité et attaquer des Matoran avant qu'on puisse l'arrêter.

— Avant qu'on puisse l'arrêter? répéta Mavrah avec incrédulité. Avant qu'elle soit tuée, tu veux dire, en même temps que tout notre projet. Ta stupidité aurait pu mener à la destruction de ce Rahi — une perte tragique pour la science — et tout ça parce que tu étais distrait!

Il fallut un certain temps avant que l'animosité exprimée lors de cet incident s'estompe. Mais le pire était encore à venir, et cette fois, la responsabilité incomberait à Whenua. Cela se passa alors qu'il concentrait toute son attention sur une créature ressemblant un peu à un Tarakava, mais avec de nombreuses nageoires, peut-être destinées à devenir des pattes dans l'avenir. Bien que sa taille ne soit pas menaçante pour ses compagnons, ce Rahi savait se défendre fort bien grâce au double jet de glace qu'il faisait jaillir de ses yeux.

La créature était si fascinante à observer que

Whenua ne vit jamais la bête beaucoup plus grosse qui émergea des flots. D'autres créatures s'avancèrent aussitôt pour la défier, mais le monstrueux serpent les chassa comme si elles avaient été de simples gouttes de pluie. Il ne supportait plus sa captivité. Il était temps pour lui de s'échapper, quitte à mourir.

Le monstre bondit hors de l'eau et alla percuter le plafond de pierre. L'impact ébranla violemment les Archives et envoya Whenua tête première dans le bassin de fortune. Avant qu'il parvienne à regagner le bord, le Rahi bondit de nouveau. Cette fois, l'impact fut si fort que le plafond se fissura et que plusieurs présentoirs des niveaux supérieurs se fracassèrent.

Pendant ce temps, Whenua était aux prises avec de graves problèmes. Il n'était pas un nageur aguerri. Pire, les occupants du bassin avaient remarqué la présence d'un nouveau venu parmi eux, et ce nouveau n'avait ni griffes ni dents pour se défendre. Ils décidèrent donc qu'il s'agissait d'un repas facile à attraper et commencèrent à encercler le Matoran.

L'archiviste tenta désespérément de se rappeler s'il avait déjà entendu parler des manières de se défendre contre les attaques des Rahi aquatiques. Il réalisa avec horreur que c'était un sujet dont il n'avait jamais discuté. Les Onu-Matoran n'avaient pas l'habitude de se baigner, après tout. Seuls les Ga-Matoran étaient assez fous pour cela.

Un Rahi en forme de calmar le toucha de son tentacule. Whenua le repoussa avec frénésie. Il sentait déjà la fatigue gagner ses bras et ses jambes, à force d'essayer de se maintenir à la surface. Ses forces le quitteraient sûrement bien avant que les Rahi s'en désintéressent. Il ne serait plus, alors, qu'un autre archiviste sacrifié au profit de l'avancement de la science.

Un requin s'élança pour le tuer. Trop faible pour combattre, Whenua ferma les yeux et attendit sa fin. Mais au lieu d'une douloureuse morsure, il sentit plutôt des mains le saisir et le tirer hors du liquide. Une seconde plus tard, il était de retour sur la terre ferme, toussant et cherchant son souffle.

Mavrah se tenait au-dessus de lui.

— Qu'est-ce qui t'a pris de plonger là-dedans?

— J'avais envie de prendre un bain, répliqua Whenua du tac au tac. Tu crois que j'aime jouer les appâts à Rahi? Les tremblements de terre m'ont projeté là-dedans malgré moi.

— Ce n'étaient pas des tremblements de terre, répondit Mavrah avec un air sombre. Un de nos spécimens a essayé de s'échapper. La situation est maintenant maîtrisée, mais... il y a eu pas mal de dommages là-haut. Un Kraawa s'est enfui.

Whenua tressaillit. Le Kraawa n'était pas un Rahi ordinaire : il transformait toute forme d'énergie utilisée contre lui pour augmenter sa taille. Frappez-le suffisamment et il devenait plus gros que le Colisée. Il avait fallu plusieurs brigades Vahki pour l'introduire dans les Archives et cela avait endommagé trois niveaux. Maintenant qu'il était en liberté...

— C'est grave?

— Une douzaine de Vahki ont été atteints, trois niveaux ont subi de sérieux dommages, quatre autres ont été évacués, au moins quelques centaines de créatures exposées se sont éveillées et ont pris la clef des champs. C'est une catastrophe.

— Tu as le don de minimiser les choses, Mavrah.

Ces paroles étaient celles de Turaga Dume. Le sage venait droit vers eux, l'archiviste en chef courant à ses côtés en bégayant des excuses. Dume l'écarta et regarda Mavrah dans les yeux.

— Ce projet est terminé, dit-il. Aussitôt que l'ordre sera revenu dans les Archives, les Vakhi vont conduire ces... ces monstres hors de la cité. Une zone de sécurité sera établie dans les eaux entourant Metru Nui. Les Vahki ont l'autorisation d'abattre n'importe lequel de ces Rahi qui franchira cette zone.

— Non! cria Mavrah. Vous ne pouvez pas faire ça! Songez à toutes les connaissances qui seront perdues, à tout le potentiel pour l'essor de…

— On ne discute pas, répliqua Turaga Dume.

Puis, sur un ton plus doux, il ajouta :

— Je suis désolé, Mavrah. Je sais combien ce projet te tenait à cœur. Mais je ne peux pas compromettre la sécurité des Archives plus longtemps… ni celle de la cité. Ces bêtes n'ont pas leur place ici.

Dume se tourna vers l'archiviste en chef et poursuivit :

— Veillez à ce que les Vahki aient toute la collaboration nécessaire. Je veux que ces bêtes aient quitté les lieux dès demain matin.

Ce fut la nuit la plus longue de toute la vie de Whenua. Il ne pouvait s'empêcher de penser que, s'il avait fait un peu plus attention, tout ceci ne serait peut-être pas arrivé. Bien sûr, il ignorait comment il aurait réussi à retenir un immense Rahi qui voulait se sauver, mais là n'était pas le problème. Maintenant, les Archives étaient à moitié détruites, et le projet, à jamais terminé.

Il avait essayé de s'excuser de son erreur auprès de Mavrah, mais l'Onu-Matoran était trop bouleversé pour discuter. Il restait planté là, à regarder les Rahi, comme s'il venait de perdre ses meilleurs amis.

Le lendemain matin, quand Whenua retourna aux Archives, il trouva celles-ci fermées à clé. Il y avait des Vahki Rorzakh partout, surveillant attentivement les équipes d'Onu-Matoran qui travaillaient fort à remettre les Rahi dans leurs tubes hypostatiques. À l'intérieur, d'autres équipes utilisaient des disques régénérateurs pour réparer les dommages causés à la structure du bâtiment. L'ampleur des dégâts était renversante.

Il se fraya un chemin jusqu'au niveau inférieur où les Rahi avaient été gardés captifs. Il s'attendait à trouver les lieux déserts, mais ils étaient plutôt grouillants de Rorzakh. L'archiviste en chef y était aussi et semblait très inquiet.

— Ils sont partis, dit-il. Tous. Disparus.

— N'était-ce pas l'objectif? demanda Whenua.

— Tu ne comprends pas. Les Rahi sont partis, mais ce ne sont pas les Vahki qui les ont emmenés. Ils ont rejoint la mer, je ne sais trop comment. J'ai envoyé les Vahki chercher Onepu et Mavrah.

Une brigade de Rorzakh apparut un moment plus tard, poussant Onepu devant elle. Une seconde brigade avançait à sa droite, mais celle-là revenait les mains vides.

Le voyage de la peur

— Où est Mavrah? demanda l'archiviste en chef.

Les Vahki haussèrent les épaules. Whenua était certain qu'ils avaient dû fouiller la maison de Mavrah et tous les endroits où il aurait pu se cacher avant de revenir admettre leur échec. Les Rorzakh étaient ultra-consciencieux.

— Il doit être en chemin alors, marmonna l'archiviste en chef, pas du tout convaincu. J'ai déjà parlé au Turaga. Il envoie des Bordakh et des Rorzakh à la recherche des créatures. Bien sûr, l'important, c'est qu'elles soient parties. Mais je crois que nous voulons tous savoir comment et pourquoi.

Whenua ne dit rien. Il avait toutefois l'horrible pressentiment qu'il connaissait déjà les réponses à ces questions…

Le mystère des Rahi disparus ne fut jamais résolu. Le rapport officiel que remit l'archiviste en chef au Turaga stipulait que les créatures avaient dû tenter une évasion de groupe. Les Vahki de garde à ce moment-là n'avaient rien fait pour les en empêcher, les ordres étaient de voir à ce que les Rahi quittent les lieux. À leurs yeux, la méthode employée pour y parvenir importait peu.

Plus loin, le rapport disait que Mavrah avait disparu

en essayant d'empêcher l'évasion et qu'il était présumé mort. Comme ce sacrifice ne pouvait être rendu public sans révéler l'existence du projet, on proposait de renommer le niveau en son honneur.

Whenua avait toujours soupçonné Turaga Dume d'en savoir plus long qu'il ne voulait bien le montrer sur ce qui s'était réellement passé. Il n'avait pas attendu longtemps avant de faire cesser la recherche des Rahi par les Vahki, comme s'il savait qu'ils ne seraient pas retrouvés, ni eux ni Mavrah. Quant aux Rorzakh, s'ils détenaient des renseignements à propos de cette affaire, ils avaient ordre de ne les transmettre qu'au Turaga.

Après un certain temps, les choses retournèrent à la normale aux Archives. Whenua et Onepu firent tous deux un effort pour oublier ces événements malheureux. Il était plus facile de croire simplement à la version du rapport officiel et de pleurer leur ami. Après tout, la seule théorie alternative expliquant ce qui aurait pu se passer cette nuit-là était bien trop farfelue pour être crédible.

C'était du moins ce qu'ils se disaient…

7

— Mais Mavrah n'était pas mort, articula Nokama tout en essayant de comprendre ce qu'elle venait d'entendre. Il s'est débrouillé pour s'emparer des Rahi avant que les Vahki ne les expulsent.

— Puis il s'est retrouvé ici, où il est tombé sur les Kralhi, poursuivit Onewa. Une communauté d'exclus.

Nuju se tourna vers Whenua.

— Pendant tout ce temps, tu connaissais la vérité, dit-il. Quand nous avons rencontré les bêtes la première fois, tu savais qu'il s'agissait d'elles.

— Je n'étais pas certain, dit le Toa de la terre. Et puis… Mavrah m'a sauvé la vie. S'il est ici, c'est à cause de moi, de mon erreur.

— Ce qui est fait est fait, trancha Nokama. Mais je pense que nous devrions faire un pacte : à l'avenir, plus de secrets.

Onewa ricana.

— Bon, nous savons maintenant qui est le plus optimiste des Toa, dit-il. Mais celui qui m'inquiète, c'est celui qui est absent. Par Mata Nui, où est Vakama?

* * *

Le Toa du feu était en train de se poser la même question. Il avait tourné tant de fois qu'il n'était plus sûr du tout d'être capable de retrouver son chemin et de rejoindre les autres Toa. Il avait toutefois trouvé l'emplacement idéal pour tendre un piège aux deux Kralhi lancés à sa poursuite.

Il était maintenant perché sur une plate-forme rocheuse qui lui permettait d'avoir une bonne vue sur le tunnel. Il devrait cependant attendre que les deux Kralhi s'approchent avant de passer à l'action et de frapper le plus éloigné des deux en premier. Un problème demeurait : les Kralhi auraient déjà détecté sa présence à ce moment-là. Vakama retint son souffle et fit de son mieux pour rester immobile.

Le bruit des pas des Kralhi devenait de plus en plus fort. L'instant d'après, les deux apparurent, marchant l'un derrière l'autre dans le tunnel étroit. Vakama se força à attendre le moment propice.

Le premier Kralhi leva la tête et regarda dans sa direction. L'avait-il aperçu? Il n'y avait plus un instant à perdre. Vakama lança le disque frigorifiant au Kralhi qui fermait la marche en même temps qu'il envoya un violent jet de feu élémentaire à celui qui l'ouvrait.

La glace et le feu heurtèrent leurs cibles en même

temps. La chaleur intense fit fondre les composantes du Kralhi de tête, détruisant ses centres de contrôle. Le disque Kanoka gela le second en un bloc solide avant même qu'il ne puisse réagir. Ses capteurs étant inopérants, le premier Kralhi tomba à la renverse et alla s'écraser contre son compagnon, le fracassant du même coup en un million de petits fragments de glace. Puis il s'affaissa sur le sol en un tas d'où jaillissaient des étincelles aux articulations.

Vakama sauta de sa cachette et courut dans le tunnel. Même en se déplaçant à la vitesse maximale, il eut à peine le temps de quitter les lieux avant que les Kralhi n'explosent.

Voilà qui devrait montrer à Mavrah ce dont je suis capable… ce dont un Toa est capable, se corrigea-t-il. *S'il a un peu de bon sens, il capitulera sur-le-champ. La prochaine fois, je ne serai peut-être pas aussi doux.*

Vakama continua à courir. Maintenant libéré de ses poursuivants, il n'avait plus de raison de rester invisible. Quelques petits Rahi le dévisagèrent quand il les croisa, mais aucun d'eux ne représentait une menace quelconque. Il ne les remarqua même pas. Une seule pensée occupait son esprit : trouver le véhicule.

Mata Nui devait être avec lui, car il aperçut, après un virage, la carcasse endommagée du *Lhikan.* Il était échoué dans une petite baie, en déséquilibre sur quelques rochers. Il était terriblement facile de comprendre pourquoi il penchait autant. Nokama avait raison : une des sphères manquait.

Où est-elle? se demanda Vakama avec tristesse. *Quel Matoran a été perdu et comment ferons-nous pour le retrouver?*

Une sphère argentée reposait seule au fond du lac. De monstrueux Rahi nageaient autour d'elle et au-dessus, mais aucun d'entre eux n'osait s'aventurer trop près. Il s'agissait d'une chose inerte, mais cela ne ressemblait pas à de la nourriture. Un poisson affamé avait déjà abîmé ses dents en essayant de mordre la chose.

À l'intérieur, le Po-Matoran répondant au nom d'Ahkmou gisait dans un sommeil sans fin. Ses rêves étaient remplis de tiges de Morbuzakh, de monstres à quatre pattes accompagnés de grosses brutes, de brigades Vahki et de Grands disques. Il n'avait aucune idée de l'endroit où il se trouvait, ni pourquoi il y était. Il ne se souvenait que de s'être assis au Colisée et d'avoir senti une grande fatigue l'envahir. Assez curieusement pour un Matoran qui avait essayé de trahir les Toa Metru et sa cité, ses dernières pensées conscientes avaient été : « Où sont les Toa? Pourquoi ne sont-ils pas ici pour me sauver? »

En sécurité dans sa sphère, Ahkmou continuait à dormir en attendant qu'un être au pouvoir suprême vienne le réveiller un jour...

— Remue-toi! cria Onewa.

Le cri sortit Whenua de ses pensées et le ramena à la réalité. L'explosion avait distrait les Kralhi un instant, juste assez longtemps pour que les Toa Metru passent à l'attaque. Onewa se démenait maintenant avec la queue d'un Kralhi, tentant de l'empêcher de viser ses compagnons.

— J'aurais besoin d'aide ici! dit le Toa de la pierre.

Whenua chassa ses préoccupations et agrippa solidement le monstre mécanique. Le Kralhi s'efforçait de se retourner afin de piquer les Toa au moyen de ses outils. Onewa attendit d'être sûr que Whenua avait une bonne prise, puis il le lâcha.

— Tiens-le bien, dit-il, et tiens-toi prêt à sauter!

Le Toa de la pierre concentra son pouvoir élémentaire sur le sol de pierre sous le Kralhi. À son commandement, la pierre se fendit en deux, en une crevasse dans laquelle tomba le Kralhi. Whenua lâcha prise juste à temps, tombant à la renverse sur le bord du gouffre.

— Et puis? demanda le Toa de la terre. Il va grimper et sortir de là.

— Non. Je ne crois pas, répondit Onewa.

Les côtés de la crevasse se refermèrent d'un coup sec. Puis ils s'ouvrirent de nouveau, lentement, révélant une machine partiellement mutilée, crachant des étincelles. Puis les parois avant et arrière de la crevasse se refermèrent à leur tour, compactant le Kralhi en un parfait petit cube de câbles et de pièces mécaniques.

— Voilà, dit le Toa de la pierre. Pour un garde mécanisé, il fait une bonne brique.

À l'autre extrémité de la caverne, Nuju bondissait et se jetait de côté pour échapper aux bulles d'énergie d'un Kralhi. Il avait songé à s'enfuir dans le tunnel, puis s'était ravisé. Le Kralhi le laisserait probablement partir et fixerait son attention sur Nokama et Matau. Non, il devait rester et se battre.

Pendant que le corps de Nuju tournait et virait pour éviter les bulles dévoreuses d'énergie, son cerveau fonctionnait à toute allure. Les bulles étaient incroyablement puissantes, générées par l'énergie même des Kralhi. Cela ouvrait la voie à d'intrigantes possibilités, à condition toutefois de garder le Kralhi occupé par ce qui se déroulait maintenant et non par ce qui allait bientôt se produire.

— On se moque pas mal de vous à Ko-Metru, vous savez, dit-il. On vous surnomme « la folie de Nuparu ».

Le Kralhi s'approcha, projetant des bulles d'énergie à un rythme effréné.

— Nous avions besoin d'officiers des forces de l'ordre, continua Nuju tout en se baissant et en esquivant les bulles, mais à la place, nous avons eu des vampires suceurs d'énergie, poussiéreux et cliquetants. Ils auraient dû tous vous envoyer au Moto-centre et vous transformer en chariots Ussal.

Il n'y avait aucune façon de savoir si le Kralhi comprenait les paroles de Nuju, mais à coup sûr, il en saisissait le ton. Autrefois, un Matoran qui aurait parlé à un Kralhi de cette manière aurait été vidé de son énergie jusqu'à ne presque plus exister. L'ordre devait être maintenu, l'insolence devait être punie.

— Ou peut-être en meubles, railla le Toa de la glace. Nous aurions pu faire de vous des tables et des chaises. Imaginez la demande qu'il y aurait eue pour d'authentiques tabourets ou étagères à bibelots Kralhi.

La queue du Kralhi visa Nuju et le garda dans sa ligne de mire. Son extrémité commença à crépiter, signe qu'une autre bulle d'énergie se formait. Nuju fit demi-tour et essaya de s'enfuir comme s'il avait peur, mais en fait, il fonça droit vers un mur. Coordonnant ses mouvements à la seconde près, le Toa de la glace courut sur les trois quarts de la hauteur du mur avant d'exécuter une culbute arrière. En plein vol, il projeta de puissants jets de glace avec ses deux pointes de cristal.

Son pouvoir atteignit le Kralhi alors que la décharge d'énergie de celui-ci était à son maximum. Une double couche de glace solide enveloppa l'extrémité de la queue de la machine juste au moment où la bulle d'énergie était sur le point d'être libérée. N'ayant plus d'issue pour sortir, les masses d'énergie furent condamnées à rester prisonnières du Kralhi.

Nuju tomba durement sur le sol alors que le Kralhi commençait à frissonner. Le Toa utilisa son pouvoir pour s'entourer d'une épaisse sphère de glace. Il eut à peine le temps de finir qu'une violente explosion provoquée par le surplus d'énergie accumulée projeta des morceaux de Kralhi partout. La sphère de Nuju fut soufflée contre un mur de pierre et s'y fracassa.

Le Toa de la glace resta un moment assommé, gisant parmi les morceaux de sa sphère de protection et les fragments brûlants du Kralhi. Puis il se remit lentement sur ses pieds et jeta un coup d'œil à la ruine fumante qui avait été un puissant gardien robotisé l'instant d'avant.

— L'ennui avec les machines, c'est qu'elles ne songent jamais à l'avenir, marmonna-t-il.

Matau et Nokama avaient eu la part facile. Un simple mur de vent avait suffi à tenir en respect le compagnon Rahi de Mavrah, pendant que Nokama clouait celui-ci gentiment mais fermement contre le mur. Elle n'avait pas l'intention de faire du mal au Matoran, mais simplement de le raisonner.

— Nous ne sommes pas tes ennemis, s'empressa-t-elle de dire. Rappelle les Kralhi et viens discuter avec nous. Je connais ton histoire, Mavrah, et je sais pourquoi tu as quitté Metru Nui, mais tu n'es pas obligé de rester ici. Tu peux venir avec nous.

Le Matoran se débattait pour se libérer.

— Pour aller où? dit-il. Si vous dites la vérité et que Metru Nui soit anéantie, il n'y a nulle part où aller. Au-delà de la rivière, il n'y a que la mort.

Nokama ouvrit la bouche pour parler, puis se ravisa. À sa connaissance, Mavrah avait raison. Seule la vision de Vakama leur disait que la voie vers la sécurité se trouvait au-delà de la Grande barrière. Et s'il se trompait? Et s'il n'y avait pas de terre d'asile pour les Matoran?

Mavrah regarda par-dessus l'épaule droite de Nokama. Elle se retourna juste à temps pour voir un Kralhi lui lancer son avant-bras. Réagissant trop tard pour l'éviter, elle encaissa le coup qui la fit planer jusqu'à l'autre côté de la caverne. Mavrah s'élança vers le bord du bassin.

— Mes amis! Écoutez-moi! cria-t-il aux créatures du lac. Il est temps de vous battre pour votre liberté!

Nokama secoua la tête, incrédule devant la scène qui se déroulait sous ses yeux. Les flots bouillonnaient sous les déplacements d'une horde de Rahi marins géants qui s'étaient retournés et qui se dirigeaient maintenant vers la caverne. Les autres Toa assistèrent eux aussi à la scène, avec autant d'étonnement.

— Ces Rahi ne sont pas en train de l'écouter, n'est-ce pas? demanda Onewa.

— Bien sûr que non, répliqua Nuju. Personne ne peut donner d'ordres aux Rahi.

— Mes frères! Un petit coup de main-pouce!

Quand ils se retournèrent, ils virent Matau coincé entre deux Kralhi. Le Toa de l'air avait déclenché une tempête de vent, mais les Kralhi étaient trop lourds pour être déplacés.

— Tu prends celui de gauche ou celui de droite? demanda Onewa.

Le voyage de la peur

— Ça m'est égal, dit Nuju. Choisis.

L'un des Kralhi s'arrêta, comme s'il avait entendu quelque chose. L'instant d'après, un jet de flammes sortit de son dos, découpant son corps de haut en bas sur toute sa longueur. Avant que personne ne put savoir ce qui s'était passé exactement, les deux moitiés fumantes de la machine s'écroulèrent.

C'est alors que Vakama redevint visible. Il était couché aux pieds de Matau, le dos contre le sol de pierre. En se servant du Masque de dissimulation pour camoufler ses mouvements, il s'était glissé sous le Kralhi et avait fait bon usage de son pouvoir de feu.

Matau jeta un coup d'œil vers le bas et sourit.

— C'est donc vrai, frère-Toa, dit-il. Tu abats plus de boulot couché qu'Onewa n'en abat debout en une journée.

Un second Kralhi sortit des ténèbres et vint rejoindre le seul autre survivant de son espèce. Les Toa n'avaient plus de temps à perdre avec eux. L'armée de créatures marines de Mavrah avait atteint la berge, beaucoup plus vite que personne ne l'aurait imaginé. Les tentacules d'un genre de méduse surgirent des flots, s'enroulèrent autour des jambes de Nokama et commencèrent à l'entraîner dans le lac.

Nuju réagit sur-le-champ, se dépêchant d'utiliser ses

pouvoirs contre la créature. Mais avant qu'il réussisse à déclencher ses pointes de cristal, il fut balayé par la queue puissante d'un Rahi et envoyé à l'autre bout de la caverne.

Puis ce fut le tour d'Onewa qui se servit de son Masque du contrôle de la pensée pour maîtriser la créature. Contre toute attente, le Rahi résista. Il ne restait plus que Whenua pour contrer les attaques visant le Toa de la pierre, alors engagé dans une bataille mentale avec la bête. Finalement, la volonté du Toa triompha et le Rahi relâcha Nokama avant de plonger.

Onewa l'aida à se remettre debout.

— Ça va?

Nokama hocha la tête.

— Oui, grâce à vous. Encore un peu et il aurait fallu que j'utilise mes lames hydro. Je n'aime pas blesser des créatures vivantes.

— Alors, il vaut mieux que tu ne saches pas ce que cette créature pense, dit le Toa de la pierre en frissonnant. Tu n'irais plus jamais à la pêche.

Nokama regarda à la ronde et vit le chaos qui régnait autour d'elle. Vakama et Matau repoussaient les deux Kralhi et une demi-douzaine de raies volantes Rahi. Nuju se remettait lentement de son vol plané. Whenua était aux prises avec un insecte sous-marin qui était plus grand que lui et deux fois plus fort. Et pendant tout ce temps, Mavrah continuait à encourager les créatures.

— Donne un coup de main à Whenua et aide Nuju à se remettre debout, dit Onewa. Nous avons besoin de lui. Je vais mettre un terme à ceci une fois pour toutes.

Malgré lui, Mavrah était rempli de joie. Ses amis avaient répondu à son appel, exactement comme il l'avait pensé. Bien sûr, ils n'étaient pas encore venus à bout de ces Toa, mais ils y parviendraient. Ensuite, tout redeviendrait comme avant.

— Matoran!

Mavrah se retourna. Celui répondant au nom d'Onewa approchait et il avait l'air furieux. Le Matoran regarda autour de lui, mais il n'y avait aucune issue. Au lieu de fuir, il décida de tenir bon, refusant d'afficher de la crainte devant le casseur de cailloux de Po-Metru.

— Ça suffit maintenant, dit le Toa. Rappelle ton aquarium géant ou je te montre ce que le pouvoir de pierre peut vraiment faire.

Le Matoran ricana.

— Et si tu m'attrapes ou que tu m'assommes, qu'arrivera-t-il à tes amis? Qui empêchera mes Rahi de devenir fous furieux? Non, Onewa, reconnais-le : tu ne peux pas me faire de mal.

Onewa tourna sur lui-même en entendant un son familier, un son qu'il avait espéré ne plus jamais entendre.

— Peut-être que je ne peux pas, Mavrah, dit-il, mais eux le peuvent.

Le Matoran leva les yeux. Quinze Vahki Vorzakh étaient apparus au-dessus du lac, leurs bâtons cervo-neutralisants en main. Ils s'étaient arrêtés pour décider s'ils allaient attaquer d'abord les Rahi ou les Toa. C'était le genre de dilemme dont raffolaient les Vahki.

Une créature marine vint percuter le bas de la plate-forme rocheuse sur laquelle se tenaient Onewa et Mavrah. Le Matoran tomba à la renverse du côté de la caverne alors qu'Onewa fut projeté vers l'avant et se retrouva dans le lac. Seulement lorsqu'il fut sous les flots, se souvint-il que la pierre ne flotte pas... elle coule.

Onewa gisait au fond du lac. Il avait déjà avalé une pleine gorgée de liquide et ses poumons engourdis l'empêchaient de se relever. Dans son esprit, il était de retour à son établi de Po-Metru, mettant la dernière main à un masque Kanohi. Il travaillait au ralenti. Chaque fois qu'il frappait le masque de son ciseau, des jets de protodermis liquide en jaillissaient.

Malgré cela, rien ne pressait. Contrairement à son habitude, Onewa ne ressentait aucune urgence à finir son travail. Au lieu de cela, il était étrangement calme. Au plus profond de lui, quelque chose lui criait d'arrêter le travail et de sortir de là, mais la voix était si faible qu'il l'ignora.

Après tout, que pouvait-il se passer de si terrible?

Mavrah s'assit et se secoua pour chasser les sensations liées à sa chute sur le dur sol de pierre. Il ouvrit les yeux, regarda autour de lui et se demanda s'il avait perdu la raison.

Il était entouré de scènes et de bruits de combats.

Des Vorzakh se mesuraient aux monstrueux Rahi. Ils avaient réussi à utiliser leurs bâtons cervo-neutralisants sur les créatures dans le but de les abrutir, mais neutraliser le cerveau de bestioles qui n'en possédaient à peu près pas ne donnait pas grand-chose. Les Rahi continuaient simplement à attaquer les Vorzakh, à les faire tomber en les frappant, pour ensuite les entraîner sous les flots.

Dans la caverne, quatre Toa Metru avaient formé un carré en se tenant dos à dos. Des éclairs fusaient pendant qu'ils se défendaient contre les Kralhi, les Rahi et les Vahki à l'aide de leurs pouvoirs élémentaires. Jusque-là, ils étaient parvenus à repousser toutes les attaques, mais la pression se faisait si forte qu'ils ne parvenaient pas à passer à l'offensive.

Mavrah écarquilla les yeux : un Vorzakh qui venait de virer brusquement à gauche alla s'écraser contre le mur de pierre. Il glissa ensuite dans le lac et disparut, son corps crachant encore des étincelles. Non loin, Vakama et Nuju unissaient leurs forces contre un Kralhi. Pendant que Nuju recouvrait de glace la moitié de la machine, Vakama chauffait à blanc l'autre moitié. Le Kralhi avait beau mettre en marche des mécanismes pour compenser les températures extrêmes imposées à son corps, ils étaient rapidement grillés ou gelés.

Le voyage de la peur

La machine finit par s'affaisser sur elle-même.

C'en était trop. Les rugissements des Rahi, le crépitement des bâtons des Vahki, le hurlement du vent produit par Matau : tout cela formait un monumental mur de sons. Le Matoran tressaillit quand il vit un Vahki percuter un Rahi, l'assommer et envoyer la gigantesque créature, inconsciente, dans le lac. Quand il se tourna de l'autre côté, il aperçut les quatre Toa aux prises avec une demi-douzaine de Vorzakh.

Quatre? s'interrogea-t-il. *Je sais qu'Onewa est tombé dans le lac... mais où donc est Whenua?*

Le Toa de la terre se posait la même question. Il avait vu Onewa tomber dans le bassin. Puis, constatant que son camarade ne refaisait pas surface, il avait plongé à son tour. Il essayait maintenant tant bien que mal de se frayer un chemin dans les flots tumultueux, se fiant à son Masque de vision nocturne pour lui éclairer la voie.

En général, peu d'habitants d'Onu-Metru et de Po-Metru se liaient d'amitié. Les Onu-Matoran étaient tournés vers le passé, alors que les Po-Matoran se souciaient seulement du travail quotidien à accomplir et de la vitesse à laquelle ils pourraient s'en acquitter avant la prochaine partie d'akilini. Mais que leurs populations le veuillent ou non, les deux metru avaient des choses en commun. Tous deux étaient bien ancrés dans le sol, l'un excavant le protodermis solide et l'autre le transformant en blocs servant de matériaux de construction pour toute la cité.

La terre et la pierre étaient liées l'une à l'autre, et Whenua le savait. Aussi n'hésita-t-il pas une seconde à risquer sa vie pour sauver celle d'Onewa.

Le faisceau de son masque Kanohi éclaira une forme étrange gisant au fond du lac. C'était bien Onewa, inerte, sa lumière de vie affichant une faible lueur et clignotant à peine. Un banc de requins Takea rôdaient au-dessus du Toa de la pierre, essayant de déterminer si leur proie était aussi inoffensive qu'elle le paraissait.

Whenua mit en marche ses marteaux-piqueurs et s'élança à toute allure. Les requins s'écartèrent sur son passage, troublés par les vibrations que ses outils Toa créaient dans le liquide. Il savait qu'il ne disposait que de quelques minutes avant que les bêtes ne refassent d'Onewa leur point de mire. Une grosse raie tenta de lui couper le chemin, mais Whenua la repoussa de côté avec l'énergie du désespoir.

Il attrapa Onewa et entama aussitôt sa remontée, s'escrimant à rejoindre la surface. Les requins se retournèrent vivement et le suivirent. Whenua pouvait apercevoir la rive, si loin au-dessus de lui. L'archiviste qu'il avait été calcula avec précision qu'il ne réussirait jamais à l'atteindre à temps.

Le Toa de la terre battit des jambes de toutes ses forces. S'il allait échouer, il échouerait en faisant de son mieux. Au fond de lui, il s'attendait malgré tout à sentir les mâchoires des requins se refermer sur ses jambes.

Il y eut du mouvement dans le liquide. Whenua jeta un coup d'œil à sa gauche et aperçut un énorme Tarakava qui approchait, ses puissantes pattes avant s'allongeant déjà pour frapper. La créature se dirigeait vraisemblablement vers les deux Toa, mais les requins n'avaient pas l'intention de lui abandonner leur proie. Ils se tournèrent d'un bloc et commencèrent à essayer de mordre le gros Rahi.

Whenua reprit espoir. Il s'efforça de nager les derniers mètres qui le séparaient de la rive. Avec le peu de forces qu'il lui restait, il hissa Onewa hors des flots et le poussa sur la terre ferme. Il était sur le point de le rejoindre quand le Tarakava le frappa par-derrière. Aidé par sa seule volonté, Whenua tint bon et parvint à se traîner péniblement dans la caverne avant de s'écrouler de tout son long.

Onewa toussa et recracha du liquide. Il se sentait

comme s'il avait été piétiné par un troupeau de Kikanalo. Bien que très faible, il réussit à ramper jusqu'à Whenua. Le Toa de la terre était blessé, mais toujours en vie. Onewa leva la tête et aperçut Mavrah qui les observait.

— C'est ton ami, lança le Toa de la pierre, hors de lui. Il aurait pu mourir. Ça ne veut donc rien dire pour toi?

Le Tarakava émergea à la surface, un requin accroché à l'une de ses pattes. Il était évident qu'en dépit de sa taille et de sa force avantageuses, le gros Rahi ne survivrait pas.

— Ou alors tu ne vaux pas mieux qu'eux, dit Onewa en montrant le lac d'un geste.

— Tais-toi, répondit Mavrah. Ce sont mes amis, mes compagnons…

Deux poissons volants encerclèrent un Vorzakh. Celui-ci changea de trajectoire au dernier moment, si bien que les deux Rahi commencèrent à s'entre-déchirer.

— Je vois, dit Onewa d'une voix méprisante. Je vois comment tu traites tes amis. Tu les mets en danger, tu les laisses se blesser… Finalement, je crois que je préfère t'avoir pour ennemi.

Un Vahki tournant sur lui-même à grande vitesse

entraîna deux Rahi dans son sillage. Vakama repoussa une espèce de serpent vers le lac à coup de jets de flammes.

— Regarde autour de toi, reprit Onewa. Les Rahi que tu es censé protéger sont blessés, certains ont même été tués. Rien de tout ça n'aurait dû arriver. Tu peux faire cesser cette situation.

Un Rahi à la tête en forme de hache se fraya un chemin jusque sur le sol de la caverne, puis fonça vers les Toa, les renversant tous les quatre. Un crabe géant, étourdi par une décharge de bâton Vahki, glissa de son promontoire et tomba dans le lac. Un banc de requins n'en fit qu'une bouchée.

— Mais pourquoi s'inquiéter? poursuivit Onewa. Après tout, ces créatures n'étaient pas si importantes, non? C'était plutôt toi qui l'étais. Dume allait te retirer ton projet de bestioles. Plus de passages secrets, plus d'expériences, juste la pénible routine du travail dans les Archives. Alors tu les as pris et tu t'es enfui avec eux, t'imaginant que... quoi au juste? Que tu trouverais une façon de les rendre dociles, doux comme des petits poissons Ruki, et que tu retournerais à Metru Nui en tant que héros de la science?

La bête à la tête en forme de hache écarta Matau de son chemin comme s'il était une vulgaire algue. Sous la surface, les Rahi se battaient, causant des remous dans le lac et envoyant des vagues immenses s'écraser dans la caverne.

— Tu ne comprends pas, dit faiblement Mavrah.

— Je comprends que mes amis – des êtres qui ont risqué leur vie pour sauver des Matoran comme toi – sont en danger, répliqua Onewa. Je comprends que tes « amis » ont pris goût au combat et qu'ils se détruisent les uns les autres. Je comprends aussi que cette caverne sera le dernier endroit que nous aurons vu dans cette vie.

Au-dessus de leurs têtes, les derniers Vahki se regroupaient pour la prochaine attaque. La créature marine à la tête en forme de hache venait de réduire le dernier Kralhi en un joli tas de ferraille.

Mavrah secoua la tête.

— Non, non. Ce n'est pas ce que je voulais. Ce n'est pas ainsi que les choses devaient se passer.

Il courut jusqu'à la rive en criant :

— Arrêtez! Arrêtez tout!

Whenua, encore tout tremblant, tenta de l'arrêter, mais le manqua.

— Non, Mavrah!

Le Matoran était déjà au bord du bassin, agitant ses bras, en vain.

Le voyage de la peur

— Arrêtez de vous battre! Je vous en prie, arrêtez!

Même si les combattant avaient voulu tendre l'oreille, ses paroles étaient couvertes par les bruits de combat et le fracas des vagues.

Whenua se remit debout et marcha en titubant vers le Matoran. Il avait fait à peine deux pas qu'une vague plus grosse que toutes les autres vint se briser sur le promontoire où se tenait Mavrah. Un moment, l'Onu-Matoran était là. Le moment d'après, il avait disparu dans les flots tumultueux.

Le Toa de la terre s'élança, mais Onewa le retint.

— Non, Whenua, il est trop tard, dit-il. Les Rahi sont hors de contrôle. Tu ne le retrouveras jamais là-dedans. Tu serais perdu à ton tour.

— Mais c'est mon ami, dit Whenua, même s'il savait qu'Onewa avait raison.

Rien ne pourrait survivre dans ce véritable chaudron qu'était devenu le lac.

— Je sais, répliqua Onewa, tout comme moi.

Vakama leva les yeux et vit Onewa et Whenua arriver vers lui en courant. Nuju et Nokama venaient à peine de finir de repousser les Rahi sous la surface et de sceller le trou dans le plancher de la caverne avec de la glace.

— As-tu trouvé le véhicule? demanda Onewa.

— Oui, il n'est pas loin.

— Alors, allons-y, dit le Toa de la pierre, pendant que c'est encore possible.

— Et les Vahki? demanda Matau. Ne vont-ils pas nous poursuivre?

Onewa hocha la tête.

— Ne t'inquiète pas, conducteur d'Ussal, et cours.

Vakama les guida à travers les tunnels jusqu'au véhicule. Pendant que les autres montaient à bord, Matau partit faire un vol de reconnaissance. Il revint au bout d'un moment avec une chose plutôt rare : une bonne nouvelle.

— La voie est libre-dégagée, rapporta-t-il. Cet affluent contourne le lac et les bêtes Rahi, avant de rejoindre la rivière.

Whenua et Onewa poussèrent le véhicule en bas de son quai de pierre et le remirent à flot, puis ils grimpèrent prestement à son bord. Personne ne dit mot à propos de la sphère de Matoran manquante. Ils savaient que s'ils ne se dépêchaient pas, les cinq autres sphères risquaient d'être perdues elles aussi, ainsi que tout espoir pour les Matoran endormis de Metru Nui.

Matau reprit les commandes, et ils descendirent

rapidement l'affluent, chacun perdu dans ses pensées. Les bruits de combat diminuèrent, puis augmentèrent de nouveau lorsqu'ils rejoignirent la rivière. Puis le véhicule traversa quelques rapides et aboutit dans un autre tunnel, plus large celui-là. Ils pouvaient encore voir, derrière eux, les Rahi qui se battaient contre les Vahki.

Un Vorzakh volant aperçut le véhicule. Aussitôt, il détourna son attention du combat. Quelque chose volait. Les Vahki étaient conçus pour pourchasser toute chose volante. Il fit signe à ses compagnons de le suivre, et c'est ainsi qu'une demi-douzaine de Vahki partirent à la suite des Toa, gagnant rapidement du terrain.

Vakama jeta un coup d'œil derrière lui et vit les gardiens mécanisés de Metru Nui se rapprocher.

— Je vais les ralentir, dit-il à Onewa. Toi, tu t'occupes de les arrêter.

— As-tu idée de ce que tu me demandes? répondit le Toa de la pierre. Si je fais ça, nous ne pourrons plus jamais utiliser ce chemin.

— Dans ce cas, nous trouverons une autre route! lança Vakama en lâchant une volée de balles de feu vers les Vahki. Nous allons découvrir un nouveau monde, Onewa, et je ne veux pas que les Vahki en fassent partie.

Les Vahki n'avaient pas battu en retraite malgré les attaques de pouvoir élémentaire du Toa du feu, mais ils avaient dû se protéger de ses flammes et cela avait suffi à les ralentir et à briser leur formation. Onewa rassembla toute son énergie et la concentra sur le plafond du tunnel. La pierre lui obéissait et, à son signal, un tunnel qui existait depuis la nuit des temps se mit à s'effondrer. Les Vahki repoussèrent les premières pierres, mais la destruction se poursuivit jusqu'à ce que le plafond s'affaisse tout le long du passage.

Les Vahki disparurent sous une avalanche de pierres.

Matau arrêta le véhicule. Les six Toa Metru contemplèrent quelques instants le mur de pierre qui bloquait maintenant le tunnel.

— J'ai l'impression que cette barrière est un signe, dit calmement Nokama. Un peu comme si le Grand esprit nous disait que nous ne retournerons jamais à Metru Nui.

— Nous y retournerons, lui assura Vakama. Il le faut. Nous avons encore un devoir à remplir.

— Avant de retourner en arrière, nous devons aller de l'avant, dit Whenua. C'est ce que Mavrah ne parvenait pas à comprendre. Il était devenu si obsédé par ce qu'il allait perdre qu'il en oubliait de regarder devant lui et d'imaginer tout ce que l'avenir lui réservait peut-être.

Nuju approuva.

— Comme tant d'Onu-Matoran… et trop de Ko-Matoran… il a essayé de se cacher du reste du monde.

Un bâton Vahki flottait à la surface. Vakama le repêcha et le cassa en deux sur son genou.

— Mais le monde finit toujours par nous retrouver, déclara le Toa du feu en jetant les morceaux par-dessus la balustrade du *Lhikan*.

9

Le véhicule avançait au ralenti. Quelques-uns des derniers virages serrés avaient endommagés certaines de ses pattes, et Whenua et Onewa s'affairaient à les réparer. Nokama était assise sur le pont, ses jambes pendant dans le vide. Elle avait vidé le « poisson-Makuta » de Matau et utilisait une pierre affûtée pour tailler les arêtes.

— Qu'est-ce que tu fabriques? demanda Vakama en s'assoyant à côté d'elle.

— Un trident, comme celui qu'utilisent les pêcheurs Ga-Matoran, répliqua-t-elle. Ce sera un souvenir de tout ce que nous avons vu et expérimenté durant ce voyage.

— J'espère qu'il tire à sa fin. Le niveau du liquide monte dans le tunnel. Il sera bientôt complètement inondé.

Nokama fit une pause pour examiner son travail.

— Penses-tu qu'il y aura d'autres Toa là où nous allons, Vakama?

Le Toa du feu haussa les épaules.

Le voyage de la peur

— Je l'ignore. S'il n'y en a pas, peut-être y en aura-t-il un jour. Je suis certain que notre nouvelle terre d'asile comportera certains dangers et que les Matoran auront besoin d'être protégés.

— Et nous deviendrons de vieux sages Turaga, dit Nokama en souriant. Juste bons à raconter des légendes, à juger des parties d'akilini et à regarder Matau essayer de voler comme un oiseau Gukko sans chuter. Peux-tu imaginer ça?

Elle se laissa glisser du véhicule et entra dans le liquide.

— Je pense que nous devrions laisser un souvenir de nous dans ce lieu, car nous ne repasserons jamais par ici.

Elle se mit à graver des motifs dans le mur de pierre à l'aide du bord tranchant de sa lame hydro.

Quand elle eut fini, elle se retourna vers Vakama et dit :

— Qu'est-ce que tu en penses? Évidemment, Onewa aurait pu faire bien mieux, mais...

Le Toa du feu considéra l'image fraîchement gravée des six Toa Metru et sourit.

— Tu aurais dû être une Po-Matoran, dit-il. Personne d'autre ne verra jamais cela, quel dommage!

— C'est incroyable! Incroyable!

Les deux Toa se retournèrent et virent Matau, surexcité, voler en cercles au-dessus du bateau.

— J'ai trouvé le nouveau monde-pays! C'est... C'est... Il faut que vous veniez voir ça! cria le Toa de l'air.

— Le véhicule peut-il nous y mener? demanda Vakama à Onewa.

— Si je dis oui, va-t-il cesser de crier?

— Probablement.

— Dans ce cas, oui, répondit le Toa de la pierre.

Ils furent aveuglés par la lumière, bien avant de sortir du tunnel. Whenua, en particulier, dut plisser les yeux.

— Par Mata Nui, si cet endroit est aussi lumineux, comment arriverons-nous à y voir quelque chose? dit-il.

Puis, tout à coup, ils furent de nouveau en pleine mer, se retrouvant au cœur d'un tout nouvel univers. La lumière, aussi vive que celle des feux de la Grande fournaise, émanait d'une sphère brillante et jaune, suspendue dans le ciel. Les flots de liquide s'étendaient jusqu'à l'horizon, sans aucune barrière de pierre pour les limiter. Des oiseaux marins tournoyaient au-dessus de leurs têtes et poussaient des cris perçants en guise de bienvenue… ou d'avertissement.

— Par le Grand esprit… c'est inouï, murmura Nokama. Tant de beauté.

Elle se pencha et pris un peu de liquide dans sa main. Elle le porta à sa bouche avec précaution et le goûta. Elle le recracha aussitôt.

— Ce n'est pas buvable, dit-elle. Ça n'a rien à voir avec ce qu'on connaît à Metru Nui.

— Tu ferais mieux de t'habituer aux surprises, Nokama, dit Nuju. Je crois que ce monde en est rempli.

Matau fit virer le véhicule et, pour la première fois, ils aperçurent la grande île qui allait devenir leur nouvelle demeure. Elle avait plusieurs fois la taille de Metru Nui, avec des montagnes beaucoup plus hautes que celles de Po-Metru et de vastes étendues couvertes de végétation. Au début, Vakama contempla la flore de l'île en se demandant si ce lieu n'était pas le royaume de la Morbuzakh. Puis il vit que les plantes qui poussaient ici étaient vertes et luxuriantes, et non pas zébrées noir et blanc comme les sarments de vigne qui avaient menacé sa cité.

Rien ne bougeait sur la plage. À part les oiseaux dans le ciel, il ne semblait y avoir aucune vie animale sur l'île. On aurait dit que les sables blancs n'avaient jamais été foulés. Les six Toa observèrent l'île avec un mélange de crainte, d'espoir et d'incertitude.

— Où est la centrale d'énergie? demanda Whenua. Où sont les toboggans? Et le Moto-centre? Même un village d'ouvriers semblerait évolué comparé à ça.

— Cet endroit est sauvage, dit Vakama. Nous allons devoir y faire notre vie, les Matoran et nous, et oublier le confort de Metru Nui.

— Bien sûr, dit Onewa d'une voix pleine d'ironie, et Matau ira vivre dans un arbre.

— Le sculpteur a raison, intervint Nuju. C'est un endroit magnifique, mais comment peut-on espérer voir les Matoran y faire leur vie? Pouvons-nous bâtir une civilisation dans une telle jungle?

— Nous trouverons le moyen, répondit Vakama avec plus de confiance dans la voix que Nokama n'en avait jamais entendu. C'est pour cela que le Grand esprit Mata Nui nous a guidés jusqu'ici et nous a protégés tout au long du voyage. Cet endroit sera notre chez-nous et notre refuge.

— Dans ce cas, demanda Whenua, pourquoi ai-je l'impression que nous avons laissé un paradis derrière nous et l'avons remplacé par un endroit très, très bizarre?

Des oiseaux marins qui lui étaient complètement

inconnus attirèrent son attention.

— C'est quoi, à votre avis? Nous n'avons jamais rien eu de tel dans les Archives. Comment font-ils pour glisser sur l'air comme ça?

— Bon, je vois que Whenua est prêt pour sa nouvelle vie sur l'île, dit Nokama. Je pense que le moment est venu, mes frères.

Matau conduisit le véhicule jusqu'au rivage. Nokama ne pouvait s'empêcher de regarder autour d'elle en se disant que c'était un endroit merveilleux pour établir un village de Ga-Matoran.

Un jour, songea-t-elle, le cœur rempli d'espoir. *Un jour, je les emmènerai tous ici.*

Puis, un par un, les Toa Metru débarquèrent sur les sables de cette île qui deviendrait leur demeure pour bien des années à venir.

ÉPILOGUE

— Et c'est ainsi que nous avons trouvé l'île de Mata Nui, bien qu'elle ne s'appelât pas ainsi à l'époque, termina Turaga Nokama. Le Grand esprit nous avait protégés et aidé à trouver cet endroit où les Matoran pourraient de nouveau vivre en paix.

— Alors l'inscription que j'ai découverte dans le tunnel sous-marin pendant que je cherchais les masques Kanohi Nuva... celle avec les six mystérieux Toa...? commença Gali Nuva.

— C'est l'inscription que j'ai gravée, il y a très longtemps, dit Nokama. Je t'ai guidée vers cet endroit parce que je voulais que tu le trouves, Gali. Je voulais que tu réalises que tu n'es pas seule. Tu fais partie d'une grande tradition. Il y avait des héros avant toi, Toa de l'eau, et d'autres viendront après, lorsque ton destin se sera réalisé.

Le voyage de la peur

Tahu Nuva se mit alors à parler, visiblement embarrassé par ce qu'il avait à dire.

— Je vous remercie de nous avoir fait ce récit, Turaga, mais je dois admettre que mes questions restent sans réponses. Vous êtes arrivés sur Mata Nui avec seulement cinq Matoran et en en laissant tant d'autres derrière, dans les profondeurs de la cité. Comment sont-ils venus vivre ici en si grand nombre? Se sont-ils réveillés et sauvés de la cité?

Turaga Nuju émit des cliquetis et des sifflements furieux à l'endroit du Toa du feu. Matoro regarda Turaga Nokama.

— Est-ce que je dois traduire ça? demanda-t-il. Je veux dire... il est un Toa et, quand il se met en colère, ça peut chauffer.

— Je pense que Toa Tahu comprend l'essence, sinon le sens des commentaires de Nuju, répliqua Nokama. J'imagine que tout cela est de notre faute... D'abord, de vous avoir caché des choses. Ensuite, d'avoir pensé que nous pourrions partager certains épisodes de notre passé avec vous, tout en continuant à tenir d'autres portes closes.

Elle se tourna vers Nuju.

— Nous aurions dû nous souvenir, mon ami, que les Toa ne supportent pas les portes closes.

— Il y a donc une suite à ce récit, dit Tahu Nuva. Pourquoi ne nous la racontez-vous pas?

— Parce que ce n'est pas à elle de le faire.

Tous se retournèrent à l'approche de Turaga Vakama. Il avait une mine sévère. En sentant tout le pouvoir et toute la sagesse qui émanaient de lui, on avait du mal à croire qu'il avait été un jour un simple Matoran forcé d'endosser un rôle de héros.

— Dis-moi, Toa du feu, qu'est-ce qui te fait le plus peur? demanda le Turaga.

Tahu Nuva réfléchit à tous les ennemis qu'il avait rencontrés : Makuta, les Bohrok, les Bahrag, les Bohrok-Kal, les Rahi, les Rahkshi. Il se remémora tous les combats, perdus ou remportés, tous les mystères résolus, tous les dangers qu'il avait rencontrés et surmontés, mais aucune réponse à la question de Vakama ne lui vint à l'esprit.

— Si tu n'as peur de rien, dit le Turaga, alors tu es un imbécile et tu ne comprendras rien à mon récit. Ce serait une perte de temps que de te raconter l'histoire.

À une autre époque, Tahu aurait réagi avec violence à de telles paroles, mais depuis le combat contre Makuta et les Rahkshi, il avait beaucoup appris sur lui-même. Quand il parla, ce fut d'une voix calme et assurée :

— L'ignorance, Turaga.

— Explique-moi.

— Je m'inquiète... J'ai peur... d'entraîner un jour mes amis vers un danger — ou même dans une situation qui pourrait leur coûter la vie — parce que je n'aurai pas su tout ce que j'aurais dû savoir.

Vakama sourit.

— Dans ce cas, tu n'es pas un imbécile, Tahu. Tu es un chef, parce que c'est exactement ce que tout chef craint. Je te souhaite de ne jamais vivre un tel cauchemar.

En entendant les paroles de Vakama, Nokama et Nuju se détournèrent. Quelque chose dans leur attitude serra le cœur de Gali. Pendant un instant, elle aurait souhaité être sourde et ne pas devoir écouter de nouveaux récits.

— Tu as entendu des histoires de trahison et d'espoir, dit Vakama, de pouvoir perdu et de pouvoir regagné. Par ma bouche, tu as fait connaissance avec le paradis qu'était la cité de Metru Nui. Par mes récits, tu as rencontré Makuta une fois de plus, alors que sa noirceur était à peine née.

Le Turaga secoua la tête tristement.

— Mais tu ne sais rien de ce que la cité est

devenue… rien de la véritable ombre… et rien des terribles décisions qu'un héros doit prendre. Des décisions qui peuvent le hanter toute sa vie, pendant des siècles.

Vakama fixa Tahu. Dans ses yeux, celui-ci pouvait voir un peu du feu qui y avait brillé, il y avait très longtemps de cela, alors qu'il était encore un Toa Metru.

— Alors voici ce que je vais faire pour toi, Tahu Nuva, annonça le Turaga. Je vais vous raconter une autre histoire, à toi et à tes compagnons héros de Mata Nui. Je n'épargnerai aucun détail. Quand j'aurai terminé, je vous donnerai le choix. Si vous désirez que je garde le silence, je ne dirai pas un mot de plus et vous vous contenterez de ce que vous savez.

La voix de Vakama devint plus grave, presque aussi sombre que le repaire de Makuta.

— Mais si tu me demandes de continuer, Toa du feu, tu découvriras alors la réelle profondeur des ténèbres et le véritable sens de la peur.

Le Turaga se retourna et s'éloigna, laissant Tahu, Gali et Kopaka méditer sur le sens de ses paroles.